KB114718

왕좌의 주인

이영후 판타지 장편 소설

FANTSY FRONTIER SPIRIT

왕좌의 주인 5

이영후 판타지 장편 소설

초판 1쇄 찍은 날 § 2014년 2월 6일
초판 1쇄 펴낸 날 § 2014년 2월 14일

지은이 § 이영후
펴낸이 § 서경석

편집부장 § 권태완
편집책임 § 정수경

펴낸곳 § 도서출판 청어람
등록번호 § 제1081-1-89호
등록일자 § 1999. 5. 31
어람번호 § 제1-1773호

주소 § 경기도 부천시 원미구 부일로 483번길 40 서경B/D 3F (우) 420-822
전화 § 032-656-4452 팩스 § 032-656-4453
http://www.chungeoram.com
E-mail § chungeorambook@daum.net

ⓒ 이영후, 2013

ISBN 978-89-251-3707-0 04810
ISBN 978-89-251-3362-1 (세트)

CONTENTS

Chapter **01**
대회전의 끝

기사단이 선회하며 곧장 레오와 그 제자들을 향해서 렌스를 겨눴다. 일부 기사들이 그들의 행동을 따라가지 못했지만 대세를 거스를 정도는 아니었다.

"지금이다! 렌스투척!"

크리먼의 명령이 떨어지고 일제히 렌스에 마나를 실어 집어 던졌다. 강맹한 위력이 실린 렌스가 허공을 가르며 날아가고 레오와 제자들은 그 공세에 직면했다.

"소드실드!"

레오는 곧장 검막을 만들어내며 날아오는 렌스를 막아냈

다. 공세에 가장 이상적인 다이아몬드 대형으로 나아가는 레오 일행은 우측에 레오가, 좌측의 꼭짓점에 아드리아가 섰다. 두 사람은 렌스를 전부 막아내며 그대로 쉐도우나이트를 향해 달려나갔다.

"헛! 발검!"

쉐도우나이트를 이끄는 크리먼은 자신들의 투창 공격이 무위로 돌아가는 것에 은은한 두려움을 가졌다. 제아무리 대단한 마스터라고 해도 말을 타고 싸우는 상황에서는 큰 힘을 발휘하기 어려웠다. 말을 노려서 공격하면 자칫 낙마할 수도 있었고 그 외에 여러 가지 상황이 벌어질 수 있는 것이 기마전이기 때문이었다.

'레오 대공을 제외한 나머지는 제거할 수 있을 거라 생각했건만.'

기사단 대전에서 레오만 남기고 나머지를 제거한다면 승부에서는 패배할지라도 병사들의 사기는 유지시킬 수 있었다. 그래서 선택한 것인데 200명의 인원으로 고작 열세 명에 불과한 적을 제거하지 못하고 허둥거리고 있으니 환장할 노릇이었다.

"역다이아몬드 대형으로 변환한다. 아드리아, 선두로! 미크러스는 좌측! 엔드류는 우측으로!"

"알았어요."

"맡겨주십시오."

"흐흐! 갑니다!"

아드리아는 육박전에 능한 캐릭터는 아니었다. 정신계 마법을 사용하여 적들을 혼란에 빠뜨리는 것이 주특기였다. 그러나 마계의 존재들은 강해지기 위해 엄청난 수련을 쌓았고 그 가운데는 육체적인 능력도 들어 있었다.

"차앗!"

취릿! 취리릿!

아드리아가 3미터가 넘는 휩을 들고 머리 위에서 빙빙 돌렸다. 그럴 때마다 휩의 끝부분이 튕겨지는 곳에서는 가슴을 섬뜩하게 만드는 기성이 터져 나왔다.

"충돌한다! 렌스차징!"

크리먼은 제일 선두에 서 있는 레오를 저격하기 위해서 이를 앙다물었다. 그 뒤에서 역다이아몬드 형태를 유지하고 있는 나머지들이었다. 솔직히 그들은 레오만 아니라면 신경 쓸 거리조차 없는 오합지졸에 불과했다.

'후훗! 나를 봉쇄하면 끝이라 생각하는 것인가?'

레오는 크리먼과 그 양옆에서 렌스차징을 해오는 적들의 노림수가 무엇인지 알 것 같았다. 적 진영에 몇 남지 않은 마스터들로 이루어진 셋의 공격은 렌스에 오러를 실어 찌르기를 충돌해 오고 있었다.

'철저히 부숴주지.'

레오는 셋을 제압할 수 있다면 적들은 지리멸렬하게 될 것임을 느꼈다. 철저하게 부술 생각으로 그대로 말을 박차고 공중으로 뛰어올랐다.

"차앗! 소드라이너!"

레오의 검이 크게 반원을 그렸다. 순간 검에서 뻗어져 나간 오러가 검의 형상을 만들어내며 크리먼을 향해 쏘아져 나갔다.

"큭!"

크리먼은 오러의 공세에 급히 렌스의 방향을 틀어 맞섰다.

콰앙!

폭음과 함께 크리먼의 신형이 뒤로 튕겨지고 다른 두 명의 마스터는 이를 앙다물고 내려서는 레오를 공격했다.

몇 개의 환영을 만들어내며 찔러 들어오는 렌스의 공격에 레오는 자신의 발등을 찍고 그 약간의 힘을 이용하여 다시 공중으로 솟구쳐 올랐다. 그러는 동안 아드리아의 휩이 독사의 혀처럼 꿈틀거리며 사방을 채찍의 그림자로 덮었다.

짜악! 차차차착!

요동치는 휩의 움직임에 두셋씩 기사들이 떨어져 나가고 그들이 무너진 틈을 통해 레오의 제자들이 빠져나갔다.

"나의 종들이여! 적들을 공격하라! 그들은 너희의 적들일 지니!"

돌파를 한 순간 적들은 선회를 위해 좌우로 나뉘어 대열을 바꾸려 했다. 그 틈을 노려 아드리아가 마력을 흩뿌리며 자신의 종이 된 기사들에게 명령했다.

"크앗! 죽어라!"

"주인님의 적! 죽엇!"

갑작스런 동료들의 공격에 말머리를 틀던 기사들은 속수무책으로 당했다. 최단거리로 선회하기 위해서는 최소한의 거리를 유지한 채 돌아야 하기에 믿었던 동료의 공격을 막을 수 없었다.

콰당! 콰드드드득!

떨어져 내린 기사들로 인해 말머리를 틀어 선회하려던 기사들은 대경실색했다.

"피, 피해!"

"크아악!"

미처 회피하지 못한 전마의 말발굽에 깔린 기사가 비명을 질렀다. 낙마한 동료를 피하기 위해 급히 방향을 틀었고, 덕분에 더욱 혼란이 가중되어 말들끼리 부딪치며 더욱 많은 사상자를 만들어냈다.

"선회! 바로 공격한다!"

이안은 두 명의 마스터를 상대하면서 지시를 내렸다. 의도

한 대로 충실하게 따르는 제자들은 아드리아의 뒤를 바짝 따르며 선회하여 혼란에 빠진 적들에게 공세를 퍼부었다.

'이제 저들만 제거하면 되는 건가?'

한 명의 마스터가 아드리아를 막기 위해 전열을 이탈하자 레오는 말을 몰아 그 뒤를 추격했다.

"정신 차려라! 대오를 정비하라!"

마나가 실린 일갈이 아드리아를 요격하기 위해 나아가는 기사에게서 터져 나오자 혼란에 빠져들었던 기사들이 정신을 차렸다. 서넛씩 짝을 이뤄 뒤로 물러서며 크게 원을 그리듯이 말을 몰았다. 그런 움직임이 이루어지자 아드리아의 지배를 받는 기사들만이 살아남은 자들에게서 떨어져 나왔다.

"저놈들이 배신자다. 쳐라!"

"우오오오!"

기사들은 분노를 담은 공세를 배신자들을 향해 쏟아냈다. 아드리아의 지휘를 받는 제자들까지 끼어들어 난전으로 상황이 변하게 되자 엑시온의 위력이 빛을 발하기 시작했다.

티잉! 티티팅!

마나가 실린 검이 엑시온의 장갑에 부딪치며 튕겨져 나갔다. 검과 검이 부딪히는 상황에서도 엑시온에 의해 힘이 비약적으로 상승한 제자들의 우위가 이어졌다. 게다가 마나소드로는 상처를 입힐 수도 없다는 것에 공세일변도로 몰아붙이는 미크러스 등의 행동은 거침이 없었다.

"크헉!"

"괴, 괴물이다!"

익스퍼트급의 기사들로서는 도저히 상대할 방법이 없었
다. 하다못해 말을 노리고 검을 휘둘러도 말에 씌워진 엑시온
은 그 공격마저 거부했다.

"약한 소리 하지 마라! 전술대로 움직이면 승리할 수 있
다!"

어느새 정신을 차리고 합류한 크리먼이 레오를 향해 달려
왔다. 그의 움직임은 홀리스피드가 남긴 유진을 이은 자만이
보일 수 있는 경신술에 의한 것으로 무척이나 빠르고 섬세한
움직임을 선보였다.

'이제 말을 타고 싸우는 것은 끝인가?'

이미 적들의 일부는 말에서 내려서 육신의 움직임만으로
전투에 나선 상태였다. 전설이 남긴 무예를 익힌 이들이라면
말을 타고 싸우는 전투보다는 직접 몸을 움직이며 싸우는 것
이 유리했다.

"타앗!"

레오는 말을 박차고 공중으로 솟구쳐 올랐다가 허공중에
서 급히 신형을 틀며 아래로 거꾸로 떨어져 내렸다. 플랑베르
주가 무수한 검영을 만들어내며 막 아드리아를 향해 공격해

들어가는 마스터의 배후를 노렸다.

"이런! 비겁한!"

아드리아를 공격하려다 기겁한 적은 그런 레오의 공격에 이를 갈아붙이며 역으로 치고 나왔다. 그러자 공중에서 서로 충돌한 오러가 거대한 충격파를 만들어내며 사방으로 퍼져 나갔다.

"크윽!"

답답한 신음을 흘리며 뒤로 떨어져 내리는 마스터의 모습은 처참하게 변해 있었다. 오러와 오러의 격돌로 인해서 막대한 내상을 입은 상태에서 마지막 순간 그의 오러가 깨어지며 레오의 오러소드가 그의 가슴을 훑고 지나간 탓이었다.

"레칼슨! 내가 도우러 간다!"

크리먼은 부단장이자 마스터인 부하가 거칠게 땅에 처박히는 모습에 분노를 터뜨리며 레오를 향해 달려들었다. 한 걸음에 십여 미터를 뛰어넘으며 미친 듯이 달려온 크리먼의 검이 레오의 등판을 향해 쏟아져 들어갔다.

"어림없는 수작!"

레오는 공격 목표를 수정하여 크리먼에게로 검세의 방향을 틀었다. 강맹한 오러가 줄기줄기 피어오르며 주변을 완벽하게 장악한 그의 검세는 빛살처럼 빠르게 들어오는 크리먼의 공격을 잘라냈다.

투캉! 카카캉!

선수필승이라는 말도 소용이 없는지 먼저 시작한 크리먼의 검세는 레오의 검세에 의해서 투로가 끊어지고 말았다. 무수한 타격음의 끝에 크리먼의 검은 사정없이 날아가 버리고 간신히 레오의 검세를 벗어날 수 있었다.

"으득……."

검사가 검을 놓쳐 버렸다는 분노와 수치심에 크리먼은 이를 갈았다. 그리고 저 대적불가의 괴물을 어떻게 상대해야 할지 암담함으로 가슴이 답답해졌다.

"합공합시다. 여기!"

레오의 공격을 받지 않아 전력을 고스란히 유지한 부단장 리치몬드가 달려왔다. 그는 크리먼이 놓쳐 버렸던 검을 잡아 다시 원주인에게 던졌다. 그 검을 받아 든 크리먼은 마음을 독하게 먹고 고개를 주억거렸다.

"훗! 셋이서 나를 막아볼 생각인가? 재미있겠군."

레오는 셋이 품자 대형으로 서서 자신에게 검을 겨누는 것을 보고 입꼬리를 살짝 말았다. 둘은 이미 내상이 깊어 제대로 된 공격을 할 수 있을지 의문인 상대들이었다.

'죽이는 것이 나을까? 아니면… 제압하는 것이 좋겠어.'

레오는 지금도 마스터의 숫자가 적어 루퍼트 제국을 장악한 갤러헤드 공작을 어떻게 막을지 고민이었다. 한 명이라도 더 많은 마스터를 끌어들여야 할 판이었으니 저 셋을 제압하여 회유하는 것이 최선이라고 판단했다.

'죽지 않을 정도로 패주마!'

레오는 독한 마음을 먹고 검을 거둬들였다. 그러나 신법을 발휘하여 움직이는 속도는 더욱 올리며 나아갔다.

"헛!"

크리먼은 검을 거둬들인 레오가 시선을 어지럽히며 다가들자 눈을 부릅떴다. 어떻게든 그의 움직임을 잡아내려 노력했지만 눈으로는 도저히 쫓을 수도 없는 움직임이 이루어졌다.

"감각으로 잡아라!"

크리먼은 눈으로 잡는 것을 포기하고 눈을 감은 채 감각을 끌어 올렸다. 미세한 기운의 파동을 잡아낼 수 있는 그의 감각에 레오의 움직임이 느껴졌다.

'우측이다!'

순간적으로 느낀 감각에 몸이 먼저 반응하여 검을 쳐냈다. 그러나 그의 검은 허공을 갈랐을 뿐이었다.

퍼엉! 퍼퍼퍼펑!

순식간에 열 대가 넘는 공격이 온몸에 작렬했다. 믿을 수 없는 속도로 충격이 전해져 오고 크리먼은 그대로 뒤로 밀려나가며 고통에 몸서리를 쳐야 했다.

"아직 멀었다!"

레오는 쓰러지지 않도록 조절을 하며 무수한 장영을 만들어내며 크리먼의 몸을 두들겼다.

"이노옴!"

부단장 중의 한 명인 리치몬드가 검을 횡으로 쓸어내며 레오를 노렸다. 그러나 그 공격이 도달하려는 순간 크리먼과 레오의 위치가 바뀌어 버렸다.

"큭!"

급히 검세를 멈추고 마나를 회수해야 하는 리치몬드는 내부가 진탕되는 고통에 입술을 깨물었다.

"다음은 너다!"

레오는 크리먼을 방패 삼아 적의 공격을 막아낸 뒤 곧바로 공간을 축약하듯이 움직였다. 미처 검을 회수하지 못하고 내부의 고통을 다스리는 리치먼드의 품으로 파고든 레오의 주먹이 빛살처럼 뻗어나갔다.

"커억!"

리치먼드는 복부에 파고든 주먹을 처음으로 느꼈다. 그러나 그 느낌은 이내 수십 군데에서 전해지는 고통으로 확산되어 갔다.

퍼퍼퍼퍼펑!

뇌가 고통을 느끼고 몸이 반응을 보이는 순간에도 다른 곳에서 일어나는 수많은 타격에 그의 몸은 반응을 할 여력을 잃어버렸다.

"으으......."

크리먼과 리치먼드의 신형이 서서히 쓰러졌다. 그들이 당하는 모습에 서둘러 막으려 하던 레칼슨의 움직임이 멈춰졌다. 그의 눈은 믿을 수 없는 광경을 본 것 때문인지 심하게 흔들리고 있었다.

"너도 해보겠나?"

레오가 손가락으로 가리키며 하는 소리에 레칼슨은 움찔거렸다. 어떻게 대답해야 할지 엄두가 나지 않았고 고양이 앞의 쥐처럼 저절로 몸이 부들부들 떨렸다.

"하, 항복하겠소."

레칼슨의 손에 들려 있던 검이 바닥으로 떨어져 내렸다. 이미 내상을 입어 제대로 된 오러도 일으키지 못하는 그로서는 대적불가의 레오에게 대항할 힘도 의지도 없었다.

"들으라!"

레오의 광량한 마나가 실린 음성이 대평원을 뒤흔들었다. 양측 병사들의 이목이 오직 한 사람, 레오에게 쏠리자 그는 플랑베르주를 다시 뽑아 든 채 외쳤다.

"기사단 대전은 우리의 승리다!"

쿵! 쿵! 쿵! 쿵! 쿵!

병장기로 바닥을 두드리는 병사들이 레오의 명령이 떨어지기만을 기다렸다.

"반란의 무리에게 정의가 살아 있음을 보여라. 전군 진군하라!"

"우와아아아아아아!"

"프로렌스 왕국이여 영원하라!"

병사들은 레오의 진군 명령에 사기충천한 외침을 토해내며 앞으로 나아갔다. 10만이 넘는 병력이 일제히 앞으로 밀려나가는 장엄한 광경에 레오는 가슴이 뜨거워짐을 느끼며 레칼슨과 쓰러진 두 사람을 데리고 전장을 이탈했다. 그 뒤를 적 기사단을 쓰러뜨린 아드리아와 제자들이 따랐다.

"빠드득!"

기사단 대전에서 참패하고 적의 대군이 서서히 밀려오는 광경을 목도한 암브로시아 백작은 이를 갈아붙였다.

'어떻게 해야 하는가. 이대로는 필패인데……'

전장에서 사기라는 것은 엄청난 위력을 발휘하는 것이었다. 적의 사기는 하늘을 찌를 듯하고 아군의 사기는 땅바닥을 뚫고 들어가 저 깊은 지하로 추락한 상태였다.

"아직 끝나지 않았습니다. 마력탄으로 적들에게 타격을 주게 되면… 얼마든지 전황을 뒤집을 수 있습니다."

휘하의 귀족이 아직은 아니라며 위로하자 제이슨 폰 암브로시아 백작은 실낱같은 희망에 모든 것을 걸기로 했다.

"준비시키도록!"

"명!"

암브로시아 백작 측의 보병들도 진압군의 진군에 맞서 대오를 갖추고 출진했다. 서서히 속도를 올리는 양 진영이 충돌할 즈음 기사들에 의해서 마력탄이 진압군 측을 휩쓸 것이었다.

"준비하라. 적군과 충돌하기 직전에 작전을 개시한다!"

"충!"

기사들은 병사들 사이사이에 껴서 마력탄을 손에 들고 움직였다. 마력탄 하나의 폭발력은 방원 50여 미터를 휩쓸어 버리는 것으로 이제 곧 신호가 떨어지면 일제히 적진을 초토화시킬 예정이었다.

"조금만 더… 조금만……."

마력탄 투척 임무를 맡은 기사들은 가슴이 두근거리는 것을 느끼며 어서 빨리 명령이 하달되기만 기다렸다.

"돌격하라! 돌격!"

진압군 측에서 거리가 가까워지자 돌격 명령이 떨어졌다. 그러자 방패와 검을 든 자들 사이로 창병들이 우르르 몰려나왔다. 그들은 기다란 장창을 겨눈 채 그대로 돌격해 들어왔다.

"지금이다! 투척!"

휘익! 휘휘휘획!

기사들의 손을 떠난 200개의 마력탄이 허공을 격하고 날아 돌격하던 창병들에게로 떨어졌다.

"방패 앞으로! 전부 숙여!"

폭발이 일어나면 그 여파가 미칠 것을 염려하여 명령을 하달했다. 그러자 반란군 병사들은 방패병의 방패를 앞세운 채 일제히 몸을 낮췄다.

퍼엉! 피시시시식!

쾅 소리와 함께 수많은 적이 비명을 지르며 죽어나갈 것을 기대했던 기사들과 반란군 측 병사들은 의외의 소리에 당황했다.

"애개! 이게 뭐야."

"지금 장난하냐! 죽어랏!"

진압군 병사들은 이미 들은 바가 있었기에 돌격하는 속도를 줄이지 않은 상태였다. 어느새 적군의 코앞까지 달려든 그들은 일제히 장창을 내지르며 방패로 몸을 가리고 있는 적군을 공격했다.

"마, 막아라!"

"반격해! 찔러! 찌르란 말이다!"

기사들은 뒤늦게 마력탄이 가짜라는 것을 알고 당황했다. 그러나 이미 적들의 공격에 노출된 병사들은 속수무책으로 쓰러지기 시작한 후였다.

"으아아! 죽어!"

"죽어! 죽어! 씨발 죽으라고!"

광기에 물들어 미친 듯이 적군을 도륙하는 진압군들의 기세는 점점 더 치솟아 올랐다. 폭발에 대비하느라 몸을 숙이고 있던 반란군의 대응이 늦어진 탓에 싸움은 일방적인 학살로 흘러가고 있었다.

"으으……. 퇴, 퇴각 명령을… 내려라."

제이슨은 마력탄의 폭발을 기화로 혼란에 빠진 적들을 일 거에 무너뜨릴 생각이었다. 그러나 마력탄이 모두 가짜로 변해 장난감이 되어버린 것을 보고 일이 틀어졌음을 직감했다. 이미 전세는 완벽하게 기울어졌고 퇴각하여 농성을 하는 것으로 마음을 굳혔다.

'갤러헤드 공작이 반드시 지원을 해줄 것이다. 그때까지 버티면 된다. 버티면!'

유니온의 수장이자 루퍼트 제국을 거의 장악해 가고 있는 그가 도와준다면 얼마든지 전세를 뒤집을 수 있다는 희망이 그를 지탱시켜 주었다.

"지금 퇴각 명령이 떨어지면 아군은 지리멸렬됩니다. 어떻게든 물리치고 밤에 퇴각하는 것이 낫습니다!"

귀족 중에 하나가 소리를 질렀다. 그의 말대로 싸워보기도 전에 퇴각 명령을 내린다면 군을 유지하는 것조차 불가능할지도 모를 일이었다. 하지만 지금은 자신이라도 살아야 할 때였다. 비록 쉐도우나이트는 모두 사라졌지만, 자신이 살아 있고 품에 보관되어 있는 홀리스피드의 유진이 있는 이상 언제라도 재기할 수 있으니 말이었다.

"퇴각한다! 전방의 부대를 미끼로 놔두고 나머지만 퇴각시켜. 알겠나!"

"으음… 알겠습니다."

전방에서 목숨을 걸고 싸우고 있는 병사들을 미끼로 둔 채 퇴각시키라는 제이슨의 명령에 반대하던 귀족은 입술을 깨물었다. 저런 자를 믿고 거병한 자신들의 행동이 너무도 어리석었음을 뒤늦게 깨달은 것이었다.

'자신만 살 수 있다면 언제든지 우리도 버릴 자다!'

이것이 그가 생각한 것이었고 다른 귀족들도 느낀 점이었다. 그러나 전쟁은 이미 벌어졌고 뒤늦게 후회해 봤자 소용없는 일이었다. 승리 아니면 죽음이 남아 있을 뿐이니 이를 앙다물고 명령에 따라야 했다.

"항복하겠습니다."

"항복이오."

철컹! 투두둑!

본대를 이끌고 전선을 이탈한 제이슨에 의해 일방적으로 유린당하던 최전방의 병사들은 앞을 다투어 항복했다. 이미 기사들이 빠져나간 탓에 그들의 항복을 저지할 자도 남아 있지 않았다. 자신들을 방패로 놔두고 도주한 자들을 위해서 목숨을 걸고 싸울 의리는 이들에게 없었다.

"대공 전하!"

"말하시오."

레오는 전황을 살피던 중 절반 이상의 무리가 후퇴하는 것을 보았다. 그리고 그들이 무엇을 계획하고 있는 것인지도 잘 알고 있었다. 하지만 그것이 레오가 원하는 바라는 사실을 그들은 모르고 있을 것이었다.

"제이슨 폰 암브로시아 백작과 그 일당이 로렌 성으로 퇴각하는데 어찌하시겠습니까? 지금이라도 추격하여 배후를 치는 것이 낫지 않겠습니까?"

스틸런 백작은 지금이라도 달려가 제이슨의 목을 따고 싶었다. 평화로웠던 나라에 불화를 일으킨 반역의 무리를 응징하고 이 땅에 새로운 평화를 돌려주고자 하는 마음으로 추격을 권했다.

"아니, 일단은 놔두시오."

"네? 하지만 저들이 로렌 성으로 들어가서 농성하게 되면 우리도 큰 피해를 입어야 합니다만."

"후후! 나에게 다 생각이 있소. 저들은 얼마 버티지 못하고 성을 나오게 될 것이오. 그러니 추격은 중단하고 항복한 병사들이나 잘 챙겨주시오. 그들은 반란군이 아니라 못난 귀족들을 만나 그리된 것이니 말이오."

"네, 그리하겠습니다."

백작이 생각하기에도 반란군의 일반 병사들은 잘못이 없었다. 창칼로 위협당하며 강제로 끌려나온 신세들인데 잘못을 묻는 것은 못할 짓이라고 생각했다.

"로렌 성이라고 했으렷다."

레오는 로렌 성으로 들어간다는 반란군을 지리멸렬하게 만들 작전을 구상했다. 그리고 그것을 위해서 철저한 준비를 갖춰야 할 것 같았다.

"아드리아!"

"네, 작은 주인님."

탈란을 대신해서 레오의 곁을 지키고 있는 아드리아는 엑시온을 착용하고 있었다. 평소의 요사스런 복장이 아닌 것에 불만스러워했지만 레오는 지금의 아드리아가 훨씬 낫다고 여겼다.

"탈란에게 다녀와야겠어."

"탈란에게요? 흐응……. 뭐를 하려고 그러시나요?"

아드리아는 탈란이 필요한 일이 무엇일까 생각해 보았다. 탈란의 마법 실력은 뛰어나지만 그는 근원적으로 뱀파이어였다. 그가 필요한 일이라면 뱀파이어로서 해야 할 일이라는 소리였다.

"그냥 저한테 말씀하셔도 되는데 그러세요."

"후후! 아드리아는 따로 해야 할 일이 있어. 지금은 탈란과 레이놀즈들이 필요해."

"아! 애들 시켜서 키메라라도 만드실 생각이신가 보군요. 확실히 키메라가 전투에는 딱이기는 해요. 호호호!"

아드리아가 키메라를 이야기하자 레오는 고개를 가로저었다. 확실히 키메라를 이용하여 전투를 벌이면 확실히 이득일 것이었다. 그러나 신성교국을 비롯한 다른 나라들의 침략을 받게 되는 치명적인 단점이 있었다.

"아무튼 탈란을 불러줘. 전부 데리고 오라는 말도 잊지 말고 전하고."

"알았어요. 그렇게 할게요."

아드리아가 장거리 통신 마법을 사용하기 위해서 군막을 나가자 레오는 로렌 성에 관한 정보를 얻기 위해서 관련 자료를 모두 꺼내서 살폈다.

'후후! 이 정도면 충분히 괴롭힐 수 있겠군.'

레오가 로렌 성의 설계도와 지형도에서 약점을 찾아내고 왼쪽 입꼬리를 살짝 말아 올렸다. 비록 사람들은 괴로움을 당하겠지만 적들은 얼마 버티지 못하고 성을 나오게 될 것이었다.

"문제는 나오는 놈들을 도망가지 못하게 막는 거겠지."

레오는 스틸런 백작에게 로렌 성의 포위를 명할 생각이었다. 그것도 공격이 아닌 물 샐 틈 없이 포위하여 단 하나의 적도 도망가지 못하게 만드는 그런 천라지망을 말이다.

둥! 둥! 둥! 둥!

천혜의 요새라고 할 수 있는 로렌 성은 에버린강을 끼고 축성된 곳으로 동쪽은 강을 낀 절벽이었다. 서남북쪽은 가파른 언덕으로 이루어져 있어서 섣부르게 공격했다가는 피해만 가중되는 곳이었다.

"모두 단단히 준비하도록! 물자는 충분하니 나이츠 제국이나 루퍼트 제국의 원군이 올 때까지만 버티면 된다. 알겠나!"

제이슨 백작은 성의 지휘소에서 휘하의 귀족들과 기사들에게 호령하듯이 말했다. 그의 말대로 두 제국에서 지원군만 보내준다면 이번 반란은 반란이 아니라 혁명이 될 수도 있었다.

"궁병들을 준비시켜!"

제이슨은 로렌 성의 삼면을 향해서 밀려오고 있는 적군을 보고 궁병을 준비시키라고 외쳤다. 그의 명령에 따라 지난 대회전에서 살아남은 5만의 병력 중에서 1만의 궁병이 성벽에 늘어서서 활시위를 당겼다. 능선을 타고 적군이 올라오면 그대로 벌집을 만들어 버릴 기세였다.

'이곳은 공성 병기를 쓸 수도 없는 천혜의 요새다. 거기에 성벽은 20미터에 달하지. 인간의 능력으로는 뚫을 수 없다!'

제이슨은 제아무리 레오 대공이 인간 같지 않은 능력의 소유자라고 해도 이곳은 뚫을 수 없다고 자신했다.

마스터 한 명이 설친다고 해도 그 외의 병력은 언덕을 뛰어 올라오다가 성벽에 도달하기도 전에 지쳐 버릴 것이었다. 그런 상태에서 준비해 놓은 바위와 통나무를 굴려 떨어뜨리면 적군은 괴멸에 가까운 타격을 받게 되어 있었다.

"총사! 적들이 더 이상 진군하지 않고 있습니다."

"으음……. 나도 보고 있다."

제이슨은 어느 정도의 위치에 도착하자 포위만 한 채 진채를 만드는 적들의 모습에 고개만 갸웃거렸다.

'오늘은 쉬고 싶을 테지, 여기까지 쫓아오느라 고생했을 것을 생각하면. 그런데 왜 이렇게 불안한 거지…….'

제이슨은 적군의 모습이 너무도 평온해 보이는 것이 반대로 너무 불안했다. 저런 평온함이 뭔가를 감추기 위해 위장된 모습이라면 천혜의 요새라는 로렌 성이라고 해도 감당하지 못할 것 같았다.

"벅 남작!"

"하명하십시오, 총사!"

"아무래도 에버린강 쪽에 병력을 배치해야 할 거 같소."

"그쪽도 비상시에 대비하여 병력을 배치해 뒀습니다. 혹시 전선을 이용해서 접근할 것을 감안하여 발리스타도 배치시켰습니다. 걱정하지 않으셔도 될 듯합니다만."

제이슨도 신경을 쓰지 않아도 될 곳임을 익히 알고 있었다. 하지만 뭔가 이성에 반하는 감각이 그곳으로 병력을 움직이라고 말하고 있었다.

"아니, 내 말대로 하시오. 적어도 2개 천인대는 더 배치하도록 하시오. 그리고 개미 새끼 하나라도 접근하면 바로 보고하도록 조치하고. 알겠소?"

"흠, 명을 따르겠습니다."

벅 남작은 제이슨의 명령에 대답을 하면서도 약간의 불만을 속으로 토로했다. 대회전에서 패배하더니 부하들의 수고로움을 생각하지 않고 제멋대로 명령을 내린다는 것이었다.

'하아…… 내 감이 틀리기만 바라야겠구나.'

제이슨은 계속해서 찾아드는 불안감을 떨치지 못했다. 하지만 그 불안감은 반란군을 일으킨 그 순간 숙명처럼 그와 함께 할 동반자가 된 것인지도 몰랐다.

Chapter **02**
흑마법

　로렌 성에 의지한 채 저항을 시작한 반란군은 풍족하게 쌓아놓은 군량과 수성 무기들, 그리고 천혜의 요새 때문인지 이전처럼 오합지졸과 같은 모습은 보이지 않았다.

　거기에 더해서 나이츠 제국이나 루퍼트 제국에서 원병이 온다면 자신들도 살 수 있다는 것에 떨어졌던 사기도 회복했다.

　스스슷!

　레오는 탈란과 아드리아를 대동하고 로렌 성 쪽으로 접근해 들어갔다. 은밀함을 요하는 침투작전인지라 검은 레더메

일과 망토를 둘러 어둠에 완벽하게 동화된 모습이었다.

—슬슬 시작하자고.

—흐흐! 맡겨주십시오, 작은 주인님!

탈란은 자신의 특기를 유감없이 발휘할 수 있게 해준 레오가 고마웠다. 이 땅으로 소환된 이래 이렇게 많은 싸움을 한 적이 없었다.

마족은 투쟁의 종족이었고 투쟁이 없는 삶은 죽은 삶이나 진배없었다. 물론 레오를 보살피는 삶이 보람이 없는 것은 아니지만 싸움과 그 싸움을 통해서 보는 피가 그리웠던 것이다.

—나 밤의 귀족이자 마계의 투사인 탈란의 이름으로 명하노라, 안개여 오라!

후우우웅!

탈란에게서 일어난 어둠의 마나가 역오망성을 만들어냈다. 뱀파이어의 권능인 안개 소환은 그 혈통에 따라 그 범위가 달라진다. 탈란은 진혈의 뱀파이어로 그가 소환할 수 있는 안개의 범위는 로렌 성을 뒤덮고도 남을 정도였다.

—역시 대단해.

레오는 탈란이 만들어낸 안개가 강가에서 밀려들며 로렌 성을 뒤덮는 것에 빙그레 미소 지었다. 그 누군가 보더라도 자연스럽게 물안개가 덮이는 것으로 보였다.

—가지.

성벽 위에 몰려 있는 수많은 병사의 이목을 피해서 안으로 들어가는 것은 불가능에 가까웠다. 어둠을 틈타 날아간다고 해도 어지간한 높이가 아니면 병사들의 눈에 바로 잡힐 것이었다.

―제 손을 잡으십시오.

―부탁해.

진혈 뱀파이어의 능력은 상당히 쓸모가 많았다. 공중을 날아서 성 정도는 가뿐하게 넘어갈 수 있었고 아드리아는 서큐버스 특유의 능력으로 안개 사이를 영체로 만들어 투과하듯 잠입해 들어갔다.

"무슨 강안개가 이리 자욱하게 낀담."

"혹시 모르니까 두 눈 부릅뜨고 지켜야겠어."

"그래야지. 적군이 가만있는 것이 수상했는데 이럴 때 쳐들어오면 골치 아플 거야."

병사들이 주고받는 대화소리를 들으며 성벽을 넘어간 레오와 탈란 등은 한참을 더 날아가서 목적지에 도달했다.

―저기로 내려가지.

―흐흐! 알겠습니다.

탈란은 레오와 함께 병사들이 지키고 있는 한 커다란 건물 지붕에 내려섰다. 건물은 삼엄한 경계 속에 보호되고 있었지만 안개 속을 뚫고 내려서는 레오 일행을 발견할 수는 없었다.

—이곳이 확실한 겁니까?

—뭐 한곳에 몰아놓지는 않았겠지만 가장 큰 창고 건물은 여기뿐이야.

로렌 성의 설계도대로라면 이곳이 반란군이 먹을 양식이 보관되어 있는 창고가 확실했다. 레오가 하려고 하는 것은 적들이 먹을 양식에 장난을 치는 것이었다. 죽지 않을 정도로 만들어서 적들이 싸울 힘을 잃게 만들 생각이었다.

후웅!

손에 마나를 집중시켜 오러를 만들어낸 레오는 지붕에 손을 댄 뒤 천천히 잘라냈다. 조심스럽게 하는 것이라 지붕을 이루고 있는 석재는 두부가 잘리듯 소리도 없이 갈라졌다.

—웃차!

레오는 천장에 둥그렇게 구멍을 낸 후 그것이 떨어지기 직전에 얼른 잡아챘다. 빛도 없는 창고 안은 다행히 지키는 사람이 없어서 무사히 안으로 들어갈 수 있었다.

—휘유! 많긴 많군요.

탈란은 창고 안에 가득 쌓여 있는 곡식 더미를 보고 혀를 내둘렀다. 밀 포대가 적게 잡아도 2만 포대는 쌓여 있는 것에 놀라지 않을 사람은 드물었다.

—시간이 없어. 빨리 해치우고 다음 창고도 털어야 해.

—흐흐! 알았습니다.

레오는 탈란이 만들어서 가지고 온 마법가방에 닥치는 대로 밀 포대를 집어넣었다. 8클래스의 마법을 사용할 수 있는 탈란이 만든 마법가방은 짐마차 백 대 분량의 짐을 넣을 수 있었다.

―이것도 상당한 노역이네.

포대가 따로 놓여 있는 탓에 하나씩 따로따로 집어넣어야 하는 것이기에 시간이 제법 걸리는 작업이었다. 레오와 탈란이 굉장히 빠른 속도로 움직였음에도 두 시간이 넘게 걸려서야 창고의 밀 포대를 다 해치울 수 있었다.

―본격적으로 시작해 볼까?

―흐흐! 맡겨주십시오.

―그럼… 엑시온 착용!

레오는 엑시온을 착용했다. 검은색의 엑시온이 그의 몸에 둘러지자 곧바로 데스나이트를 모두 소환했다.

후웅! 차차차착!

데스나이트가 모두 소환되어 나오고 가장 뒤쪽에 한 기의 데스나이트는 여전히 쇠사슬을 결박당한 모습으로 서 있었다.

―마스터를 뵙니다.

데스나이트 1호가 모두를 대신하여 정중한 기사의 예를 취했다. 보우마 노인에 의해서 만들어진 데스나이트지만 그 소유권이 아티팩트로 넘어간 상황이었고 성심을 다해서 소유자인 레오를 섬겼다.

　―탈란! 준비해 줘.

　―흐흐! 이미지 체인지!

　탈란은 레오와 데스나이트들에게 마법을 걸었다. 로렌 성의 마법저항 능력은 6클래스의 마법까지 막는 것이지만 그 이상의 능력을 발휘하는 탈란의 마법은 막아내지 못했다.

　스스스스스슷!

　급격한 변화를 보이는 데스나이트와 레오는 실체가 없는 유령기사들의 모습으로 변했다. 흐릿한 영체에 가까운 그 모습에 레오는 흡족한 미소를 지은 채 말했다.

　―팬텀호스에 올라라!

　―추웅!

　데스나이트들이 일제히 팬텀호스를 소환하여 오르자 레오 역시 올라타며 준비를 마칠 수 있었다.

　"가지!"

　레오는 안개가 서서히 가시기 시작한 로렌 성의 중앙대로를 향해 팬텀호스를 몰아갔다.

　―흐어어어어어!

　사기가 물씬 풍겨 나오는 귀곡성이 안개를 뚫고 로렌 성 안을 뒤흔들었다. 그리고 연이어 들려오는 음성에 로렌 성 안의 모든 반란군은 심장이 쿵쾅거림을 느껴야 했다.

─프로렌스를 배신한 자들은 들을지어다! 나의 경고를 듣지 않는 네놈들의 배덕함에 주신께서도 노하셨도다!

웅웅거리는 음성은 인간이 토해낼 수 없는 영역의 음성이었다. 로렌 성을 뒤흔드는 그 음성에 이어 반란군들의 눈에 흐릿한 유령기사들이 쇠사슬에 묶인 암브로시아 공작을 끌며 다니는 것이 보였다.

─이에 나 프로렌스를 수호하는 폭풍의 기사 로렌스가 네놈들에게 저주를 내리리라! 첫 번째 저주로 네놈들이 먹을 양식을 모두 거두어들일 것이다. 그럼에도 네놈들이 참회하지 않는다면 내일은 네놈들이 마실 물을 피로 바꾸어 버리는 저주를 내리리라! 기억하라! 너희의 배덕함이 하늘에 닿았음을!

두두두두두두두!

팬텀호스들이 대로를 질주하고 그 선두에서 말을 달리는 레오의 음성이 로렌 성을 뒤흔들었다.

"고, 공격해! 화살을 날려라!"

성벽 위에서 그 소리를 듣고 있던 제이슨 백작은 버럭 소리를 지르며 공격하라고 외쳐 댔다.

"공격! 공격하라!"

기사들이 먼저 정신을 차리고 레오 일행을 공격하라고 소리쳤다. 그러자 병사들이 일제히 활시위를 당긴 후 빠르게 시위를 놓았다.

피피피피피피피피피핑!

수천 발의 화살이 곡선을 그리며 날아갔다. 어두운 하늘을 더욱 까맣게 만드는 화살의 세례에 레오는 급히 오러실드를 둘렀다. 그리고 데스나이트들 사이에 숨어 있던 탈란이 마법으로 방어막을 만들어냈다.

투퉁! 투투투투투퉁!

오러실드에 부딪힌 화살들이 그대로 가루가 되어 흩어져 버렸다. 탈란의 마법에 막힌 화살들은 도로 튕겨져 나갔지만 그 모든 것이 분노한 유령들의 힘에 의한 것이라고 여겨졌다.

"으으… 아무런 타격도 없다니……."

수천 발의 화살이 떨어진 곳에서 가만히 서 있는 유령기사들의 모습에 병사들은 경악했다. 제아무리 마스터라고 해도 그 공격을 당하면 죽음을 면치 못할 정도로 위력적인 화살 세례였다.

그럼에도 아무렇지도 않게 서 있다는 것은 신이 진짜로 자신들의 배덕을 징벌하는 거라는 믿음을 가지게 했다.

"주, 주신께서 분노하신 게야……. 그게 아니라면……."

"닥쳐라! 함부로 주둥아리를 놀리면 즉결처분하겠다!"

기사들은 병사들의 동요에 검을 뽑아 들고 소리를 질렀다.

이 이상의 동요가 일어나면 자칫 소요가 벌어질 수도 있기에 막아야 했다.

―신의 징벌이 내리리라!

레오가 분노를 실어 외치는 동안 뒤에 있던 탈란의 손이 은근슬쩍 움직였다.

콰르르르르릉!

병사의 목에 검을 들이대던 기사에게 뇌성벽력이 떨어져 내렸다.

"크아아악!"

비명을 지르며 시커멓게 타 죽은 기사의 모습은 병사들에게 더욱 혼란을 가중시켰다. 몇몇 겁에 질린 병사는 주저앉은 채 오돌오돌 떨며 이상증세까지 보였다.

―참회하라! 그렇지 않으면 사흘째 되는 날은 너희를 모두 지옥의 겁화 속으로 던져 버릴 것이니……. 너희는 나의 저주를 가볍게 여기지 말지니라!

그렇게 말을 남기고 레오가 팬텀호스를 몰아 다시 안개 속으로 사라져 갔다. 그들이 모두 사라지는 것에도 겁에 질린 병사들은 아무런 행동도 하지 못하고 오직 검을 뽑아 들고 있는 기사들만 쳐다보았다.

"확인하라! 당장!"

제이슨 백작은 저주를 내리겠다고 한 유령기사들의 말을

확인하라고 소리 질렀다. 그러자 반란을 일으키는 것에 회의적이었으나 마지못해 참가했던 기사들이 식량 창고를 향해서 달려갔다.

"비켜라!"

기사들은 우르르 몰려가 창고를 지키고 있는 자들에게 소리를 질렀다.

"네? 넵!"

병사들도 그 음성을 들었기에 기겁하며 좌우로 벌려 서고 기사들이 육중한 창고의 문을 열었다.

"헉……."

"이럴 수가……."

기사들은 자신들의 눈을 부비고 또 부볐다. 도저히 있을 수도 없는 일이 벌어진 것이었다.

"네, 네놈들, 확실하게 지킨 것이 맞느냐!"

기사는 창고를 지키고 있던 200명의 병사에게 소리를 질렀다.

"개미 새끼 하나 들어가지 않았습니다. 정말입니다요, 기사님!"

병사들은 기사들의 흉흉한 기세에 머리를 조아리며 결백을 주장했다. 이미 레오는 창고를 빠져나가면서 천장의 구멍을 감쪽같이 메워놓았고 마법 처리까지 해두었기에 그 흔적을 찾을 수 없을 것이었다.

"으으, 이럴 줄 알았다."

기사는 부지불식간에 탄식을 내뱉으며 고개를 가로저었다. 지금 식량을 모두 가져가 버린 것이 유령이든 아니면 적의 소행이든 간에 명분도 없이 반란을 일으킨 암브로시아 공작가는 지는 싸움을 시작했고 그 대가를 치르는 중이라 생각한 것이었다.

"돌아가자."

"그, 그래야지."

기사들은 힘이 빠진 음성으로 이야기하며 텅 비어버린 창고를 떠났다. 이제 내일부터는 식량도 없이 굶주림과 싸워야 할 판이었다.

"어서 와. 오느라 고생했어."

레오는 뒤늦게 나타난 레이놀즈를 반갑게 맞이했다. 자신의 명령을 이행하느라 고생하고 부리나케 달려왔을 것이니 이 정도의 환영은 당연한 거였다.

"아닙니다, 마스터!"

레이놀즈는 자신들의 주군이자 앞으로 프로렌스의 국왕이 될지도 모르는 왕자의 신분인 레오에게 더욱 깍듯한 예의를 갖췄다.

"어떻게 내가 말한 것은 완성된 거야?"

"다행히 마스터의 명을 완수할 수 있었습니다. 하하하!"

레이놀즈는 왜 그런 것이 필요한지는 모르지만 일단 만들라고 한 레오의 명령을 완수했음을 보고했다.

"저기… 그런데 이걸 왜 만들라고 하신 겁니까?"

연이어 말하는 레이놀즈는 자신의 손에 들린 커다란 시약병을 들고 물었다. 그의 물음에 레오는 빙그레 미소 지으며 시약병에 담긴 물건의 용도를 이야기했다.

"그게 그걸 이용해서……. …이렇게 된 거야."

"아! 그렇다면… 하하, 하하하하!"

레이놀즈는 자신의 주군인 레오가 참 엄청난 사기를 치고 있다는 것에 놀라워했다. 그의 능력이라면 정면에서 쳐부숴도 될 것임에도 사기를 치는 것으로 전쟁을 끝마무리하려 하는 거였다.

"병사들이 무슨 죄가 있겠어. 그냥 깔끔하게 항복하게 만들어야 아까운 생명을 지킬 수 있잖아. 그래서 그런 거야."

"아, 역시 마스터이십니다."

레이놀즈는 레오의 생각을 듣자 진심으로 머리를 숙였다. 높은 곳에 있는 사람들은 아랫사람들의 희생을 중요하지 않게 생각하는 경향이 있었다. 특히 적이라고 분류된 경우라면 모조리 죽여서 그 흔적도 남기지 않기를 원하는 경우도 많았다.

"만들라고 지시는 했지만 어떻게 사용하는 거지?"

"간단합니다. 물에 풀어놓으면 알아서 증식하게 될 겁니다."

"부작용은?"

"사흘 뒤에 저절로 소멸하게 만들어졌으니 마법 결계로 막을 두른다면 저절로 사라질 겁니다. 다만, 마법 결계를 뚫고 다른 곳으로 빠져나간다면 기하급수적으로 늘어날 가능성도 있습니다. 그것만 주의한다면 상관없습니다."

"마시더라도 죽거나 하는 것은 아니겠지?"

"흐흐! 물론입니다. 구토나 복통 정도는 일어나겠지만 사람을 죽일 정도는 아니니 걱정 마십시오."

"좋았어. 수고 많았어."

이안은 레이놀즈가 건넨 시약병을 살짝 들여다보았다.

'뻘건 게 아주 좋은데?'

시약병 안에 들어 있는 것은 물처럼 보이는 것이지만 사실은 레이놀즈가 키메라의 기술로 배양해 낸 이상 플랑크톤이었다. 인위적으로 만들어낸 것이기에 적조 현상은 급속히 퍼질 것이고 강물을 끌어들여서 마셔야 하는 로렌 성의 특성상 물이 피로 변한 것처럼 보이게 될 것이었다.

"그럼 시작하자고."

레오와 그 일행은 두 번째 저주를 로렌 성에 내리기 위해서 강으로 이동했다. 그곳에서 탈란은 먼저 적조 현상이 퍼지지 않도록 하기 위한 마법 결계를 펼쳤다.

"흐압! 마법의 창조자인 나 탈란의 이름으로 명한다. 마나의 위대한 힘이여 움직여라! 나의 의지로 결계를 이룰지니 그 어떤 것도 빠져나가지 못하리라! 매직배리어!"

후우우우웅!

막대한 마나가 움직이는 것에 놀란 로렌 성의 반란군은 동쪽의 강가로 몰려들었다. 그러나 아무런 사람의 흔적을 찾을 수 없었고 갑자기 강물의 일부분이 붉게 물드는 것을 볼 수 있었다.

'호오… 대단한데?'

레오는 마법 결계가 펼쳐진 곳 안으로 시약병을 던지고 곧바로 이상 현상이 맹렬하게 일어나는 것에 놀라워했다. 맹물이 든 병에 잉크 한 방울을 떨어뜨린 것처럼 좌악 퍼져 나가는 적조로 인해 강물은 피처럼 붉은 빛깔을 띠기 시작했다.

"허억! 가, 강물이……."

"시, 신의 저주가 내렸다! 신의 저주가!"

병사들은 신의 저주가 내렸다며 성호를 긋고 주신께 기도를 올렸다. 자신들의 잘못으로 인해 신의 저주가 임했다고 생각하자 죽어서도 지옥의 구덩이로 떨어져 내릴 거라 여겼다.

"주신이시여! 저의 죄를 사하시고……."

"나는 살고 싶다! 으아아아!"

괴성을 지르며 몸부림을 치는 병사들로 인해 사태를 파악한 기사들 역시 안색이 하얗게 변해갔다.

"일단 보고를 하세. 우리가 어떻게 할 것도 아니고."

"그래야겠지……. 식량도 사라지고 이제는 물마저……. 허허……."

기사들도 허탈한 음성을 남긴 채 제이슨 백작이 있는 곳으로 죄다 몰려갔다.

"보고 드립니다."

"말하라."

제이슨 백작의 힘없는 음성에 기사 하나가 강물이 피처럼 붉어진 것에 대해서 이야기했다.

"총사! 강물이 피가 되었습니다. 맹렬히 끓어오르는 피가 되어 버렸단 말입니다."

"그게 정말인가?"

"그렇습니다. 수많은 기사와 병사들이 목격한 사실입니다. 피처럼 붉게 변한 강물이 맹렬하게 끓어오르고 있습니다. 이것이 신의 저주라면……."

"닥쳐라!"

제이슨은 저주가 내렸어도 상관없었다. 어차피 전쟁에서 패하면 목이 달아날 것이니 이래 죽든 저래 죽든 마찬가지인 상황이었다. 어떻게 해서든 발악이라도 해야 했다.

"한 번만 더 저주라는 말을 입에 담는다면 즉결처형할 것이다! 알겠는가!"

발악을 하듯이 외치는 제이슨 백작의 분노에 기사들은 입을 굳게 다물었다. 이런 상황에 처하고서도 아직 포기하지 못하는 그의 모습에 다들 실망한 표정을 감추며 고개를 숙였다.

"명심하겠습니다."

"식량 징발은 어떻게 됐는가?"

"그것이… 로렌 성의 거주민들이 가진 식량을 모두 징발했습니다만… 열흘을 버티기 어려울 듯싶습니다."

"열흘이라……. 하아……."

물이 붉게 변한 것은 저주가 아니라 적들의 농간으로 생각했다. 식량만 어느 정도 버텨주면 되는데 그것도 어렵다는 말에 제이슨 백작은 입술을 지그시 깨물었다.

'최대한 버티면서 지원을 요청하는 수밖에…….'

유니온의 수장인 갤러헤드 공작에게 빌어서라도 이 상황을 타개할 생각으로 명령을 내렸다.

"식량 배급을 하루 한 끼로 줄이도록."

"네? 하루 한 끼로 말씀이십니까?"

"왜? 못하겠나?"

"그런 것이 아니오라… 병사들의 이탈이 심화될 것입니다.

그걸 우려하여 드리는 말씀입니다."

"큭! 열흘도 못 버틸 식량이다. 루퍼트 제국의 지원이 올 때까지 버티려면 하루 한 끼도 어려운 상황 아닌가?"

"음……. 알겠습니다. 그리 조치하겠습니다."

기사는 당장에라도 항복하자는 말이 목구멍까지 올라왔다. 하지만 주군인 제이슨 백작이 강경하게 버티는 것에 차마 그 말을 하지 못했다.

"나가봐."

"충!"

기사들이 모두 물러가자 제이슨 백작은 다시 한 번 아쉬운 소리를 하기 위해 마법 통신실로 걸음을 옮겼다.

―제이슨……. 제이슨아…….

제이슨 백작은 피처럼 변한 물을 마실 수 없어 말 젖으로 목마름을 해결하고 잠이 들었다. 한참을 잠자던 그는 몽롱함이 깊어가는 와중에 누군가의 목소리를 들었다.

"누구냐!"

침상에서 벌떡 일어나 소리를 질렀다. 자신을 부르는 그 누군가가 나타나기를 바라며 주위를 두리번거렸지만 누구도 나타나지 않았다.

'응? 어, 어떻게 된 거지?'

자신은 분명 로렌 성의 성주가 머무는 침실에서 잠이 들었었다. 분명 그곳에서 잠이 들었는데 일어난 곳은 전혀 엉뚱한 곳이었다.

'여기는 어디란 말인가?'

제이슨은 영문을 알 수 없었지만 지금 자신이 있는 곳이 어딘지 알기 위해 열심을 다해서 살폈다.

─제이슨……. 제이슨아…….

"누구냐! 누군데 나를 찾는가!"

제이슨은 자신을 부르는 음성이 또다시 들려오자 발작적으로 소리를 질렀다.

철그렁… 철그렁!

끊이지 않고 들려오는 쇠사슬이 부딪히는 소리에 그의 신형이 빠르게 소리가 난 방향을 향했다.

"아, 아버지……?"

제이슨의 눈에 들어 온 것은 온몸을 쇠사슬로 감고 봉두난발을 한 암브로시아 공작의 모습이었다. 온몸에서는 붉은 피를 뚝뚝 흘리고 농노들도 입지 않을 듯한 다 찢어진 옷을 입고 있었다.

"아버지!"

제이슨은 아버지를 구하기 위해서 미친 듯이 달려갔다. 그러나 그 거리는 좁혀지지 않았고 여전히 부친인 암브로시아 공작은 괴로움에 몸부림을 치며 말했다.

—나는 지금 내가 저지른 배덕의 대가를 받고 있다. 이 땅에 존재해서는 안 될 전설의 힘을 손에 넣고 탐욕을 부린 대가란다…….

"크윽, 아버지……."

비록 원망도 많이 했었던 부친이었지만 그가 저렇게 처참한 몰골로 처연하게 말하는 것에 제이슨은 이를 앙다물었다.

—나뿐만이 아니라 탐욕에 물들어 세상의 법칙을 어긴 선조들 또한 같은 벌을 받고 있구나.

"아아……."

제이슨은 자신이 꿈속에 있다는 것을 알고 있었다. 그래서 어떻게든 깨어나기 위해 정신을 차리려고 했지만 꼭 빠져나올 수 없는 곳에 갇힌 것처럼 느껴졌다.

'이건 꿈이다… 이건 꿈이야!'

아무리 발악을 해봐도 변하는 것은 없었다. 오히려 그럴 때마다 괴로움에 몸부림을 치는 부친의 전신에서 피가 더 많이 흘러내렸다.

—나는 비록 죄를 지었지만 너는 주신이 안배한 레오 대공을 도와 전설들이 남긴 힘을 회수하도록 하거라. 그래야만 우리에게 내려진 형벌이 사라질 것이니라.

"그럴 수는 없습니다. 이 힘은… 이제 제 것입니다!"

제이슨은 자신의 힘이 되어버린 홀리스피드의 무예를 절대 포기할 수 없었다. 만약의 경우 혼자라도 탈출하여 갤러헤드 공작에게 간다면 후작의 작위 정도는 너끈하게 받을 수 있는 최후의 비상수단인 것이다.

─제이슨아… 어리석은 제이슨……. 너 또한 아비의 길을 걸으려느냐……. 내일 마지막 저주가 내려질 것이다. 지옥의 겁화가 네가 있는 이 로렌 성을 덮칠 것이니 부디 현명한 결정을 내리기를 바라겠다.

"으으, 말도 안 되는 거짓말입니다. 저주는 없습니다, 저주는!"

제이슨은 발악하듯이 외쳤지만 처연한 표정으로 고개를 숙인 암브로시아 공작이 서서히 흐릿해지다 어느 순간 사라져 버렸다.

"으아… 으아아아아!"

괴성을 지르는 제이슨 백작은 분노와 절망, 그리고 끓어오르는 탐욕을 그 괴성에 실었다. 그러자 땅이 흔들리며 자신이 서 있는 대지에 균열이 일어나기 시작했다.

'아, 안 돼!'

균열이 일어난 곳으로 빨려 들어가는 제이슨은 시뻘건 용암이 자신에게 덮쳐 오자 기겁했다. 그리고 무엇보다 그를 공포에 질리게 만드는 것은 용암 사이에서 솟아오르는 수많은 사람의 손이었는데 하나같이 자신의 부친인 암브로시아 공작과 같은 몰골을 하고 있는 자들이었다.

"사, 살려줘! 안 돼!"

발목을 잡혀서 용암 속으로 끌려들어가는 것에 비명을 지르며 빠져나오려 했지만 끝내 뜨거운 기운이 온몸을 뒤덮자 죽음을 떠올리며 정신을 잃어버렸다.

"헉!"

제이슨 백작은 흥건하게 젖은 상태에서 깨어났다. 침대를 축축하게 적신 땀은 그가 꿈속에서 얼마나 심한 고통을 겪었는지 짐작할 수 있는 증거였다.

'꿈인가, 다행이다……'

제이슨은 고개를 가로저으면서도 여전히 독한 눈빛을 뿜어내고 있었다. 창가에서 그런 제이슨을 살피는 두 개의 눈동자는 묘한 이채를 남기고 사라졌다.

"으아악!"

또 한 명의 귀족이 꿈에서 깨어나며 고함을 질렀다. 그 역시 제이슨과 마찬가지로 지독한 악몽을 꾼 사람이었다. 하지만 그의 눈빛은 제이슨과는 달리 후회와 반성의 빛이 역력했다.

"밖에 누구 없느냐!"

"부르셨습니까!"

문을 열고 들어온 기사를 향해 사내가 말했다.

"소치 남작과 리헨 남작을 불러오너라. 어서!"

"이 새벽에 말씀이십니까?"

기사는 새벽에 잠을 깨워서 데리고 오라는 케리 자작에게 조심스럽게 되물었다. 그러나 케리 자작의 표정은 단호함이라고 써 있었다.

"아, 알겠습니다."

기사가 물러가고 케리 자작은 흥건하게 흘러내린 땀을 닦아낼 생각도 하지 못하고 의관을 정제했다. 지금 급한 것은 그런 하찮은 예의범절이 아닌 것이다.

똑똑!

"들어와!"

30분이 지나지 않아서 문을 열고 두 사람이 들어왔다. 케리 자작의 측근으로 가장 믿을 수 있는 자들이었다.

"이 새벽에 어인 일이십니까?"

"소치 남작, 거기 앉게."

"으음……. 알겠습니다."

뭔가 분위기가 심상치 않았다. 소치 남작과 리헨 남작은 케리 자작의 맞은 편에 앉으며 그의 입이 열리기를 기다렸다.

"자네들은 지금 이 상황을 어떻게 보는가?"

"그거야… 에휴! 며칠 넘기지 못할 거라고 봅니다. 이미 병사들은 누군가 건드리기만 해도 반란을 일으킬 태세입니다."

"저 역시 그렇게 생각하고 있습니다. 부하들을 다독이고는 있지만 언제까지 버틸 수 있을지 걱정입니다."

두 남작은 절망 어린 의견을 토로했다. 그 말에 케리 자작도 고개를 끄덕거렸다.

"해서 내 말하는 거네만, 두 사람은 무슨 일이 있더라도 나를 지지해 주겠는가?"

케리 자작이 은밀하게 묻는 그 말에 두 남작들은 설마 하는 심정으로 케리 자작을 보았다. 그의 눈빛은 이미 반란을 일으키겠다는 것을 공표라도 하고 있는 듯했다.

"따르겠습니다. 성공한다면 적어도 우리 가문들은 구제를 받을 수 있을 테니까요."

"맞습니다. 이번 반란은 어차피 명분이 없었습니다."

"좋네. 소치 남작은 지금 즉시 제이슨 백작의 통신 마법사를 잡아오게. 그리고 리헨 남작은 우리를 도와줄 수 있는 사람들을 더 끌어모으고. 나는 나대로 미장센 자작을 회유해 보겠네."

두 남작은 케리 자작의 명령에 힘차게 고갯짓을 했다. 어차피 이래 죽으나 저래 죽으나 마찬가지라면 적어도 오명은 벗을 수 있는 길이 최선이었다. 제이슨을 제거하려다 죽는다면 자식들은 역적의 굴레를 벗을 수도 있을 것이었다.

"움직이세. 특히 소치 남작 자네의 역할이 중요하네. 내가 다른 귀족들과 있을 때 통신 마법사를 반드시 데리고 와야 하니까 말이야."

"걱정 마십시오. 반드시 데리고 가겠습니다."

"좋아. 부탁하네."

케리 자작은 제이슨과는 다른 이유로 독한 마음을 먹고 움직이기 시작했다. 그의 행보에 따라 로렌 성의 운명이 결정되어질 것이 분명했다.

Chapter 03
나이츠 제국으로

　야심한 시간에 모여든 귀족들은 케리 자작이 하는 말을 들으며 다분히 공감하고 있었다. 개중에는 반역을 일으킨 자신들을 용서하지 않을 거라며 마음의 결정을 내리지 못하는 이도 있었다.

　"들어가라!"

　소치 남작과 그의 기사들에게 잡혀 온 마법사가 거칠게 바닥을 굴렀다. 그는 아닌 밤중에 홍두깨라고 잠자다 억센 기사들의 손아귀에 대롱대롱 매달려 왔었다.

　"으으… 왜 이러시는 겁니까. 저는 아무 잘못도 없습니다."

눈치를 보며 귀족들에게 잘못이 없음을 주장했지만 여전히 노려보고 있는 귀족들의 표정은 변화가 없었다.

"지금부터 하는 질문에 일체의 거짓이 없어야 할 것이다. 알겠느냐!"

"네? 네……. 하문하십시오."

마법사는 잘못 대답했다가는 뒤에 검을 겨누고 있는 기사의 검이 자신의 목을 뎅강하고 자를 거라는 공포에 질렸다.

"네놈이 제이슨 백작의 마법 통신을 담당한다고 들었다 맞나?"

"그렇습니다만……."

"그렇다면 네놈도 통신을 할 때 옆에 있었겠구나."

"그, 그건……."

마법 통신을 연결해 주는 통신 마법사들은 입을 다물어야 한다는 것을 누구보다 잘 알고 있었다. 자칫 통신 내용을 흘린다면 그 자리에서 죽을 수도 있는 일이었다. 그런 까닭에 통신의 내용을 흘리지 않겠다고 마나의 서약을 해야 한다.

"말하지 않는다면 당장에 죽는다. 하지만 말한다면 마법사로서의 능력은 사라지겠지만 살 수는 있겠지."

철컹!

가죽 주머니 하나가 바닥에 떨어져 내렸다. 살짝 벌어진 사이로 보이는 것은 작은 보석들로 평생 돈 걱정 없이 살 수 있을 정도는 되어 보였다.

"그 정도면 네놈의 능력이 사라져도 사는 것에는 지장이 없을 게다. 어떠냐, 말하겠느냐?"

"하아, 말씀드리겠습니다."

"좋다. 제이슨 백작이 누구와 마법 통신을 했느냐?"

"루퍼트 제국의 갤러헤드 공작과 했었습니다."

"내용은?"

"그것이… 지원을 촉구하는 내용이었습니다."

"지원이라……. 답은 뭐였지?"

"정확한 것은 모릅니다만… 지원이 힘들 것이니 최대한 버티라는 것이었습니다. 루퍼트 제국의 반란은 거의 끝나가는 중이고 갤러헤드 공작이 새로운 황제가 될 거라고 했습니다. 그러니 살아만 있으면 언제라도 재기할 수 있도록 해주겠다는 그런 내용이었습니다."

"큭! 그럼 결국은 루퍼트 제국의 도움은 기대할 수 없다는 뜻이로군, 안 그러냐?"

"그, 그렇습니다. 마지막에 들은 바로는 제이슨 백작님과 휘하의 기사들은 패배할 경우 루퍼트 제국으로 탈출할 거라는 거였습니다."

"개자식!"

케리 자작은 자신들을 버리고 루퍼트 제국으로 도망가겠

다는 뜻을 감추고 있는 제이슨 백작에게 욕설을 터뜨렸다. 그리고 부리부리한 안광을 터뜨리며 다른 귀족들에게 말했다.

"이래도 저 제이슨이라는 놈을 따를 생각들이시오?"

"으음……."

"우리가 어떻게 해야 한다고 생각하시오? 케리 자작!"

"살길을 모색해야지요."

"살길이 있겠소?"

"여러분이 도와준다면 내가 레오 대공과 결판을 내보리다. 그는 아직 어리고 성품이 정의롭다고 들었소. 우리가 암브로시아 공작가의 강압에 못 이겨 참가했다고 읍소한다면… 살려줄 것이오. 비록 작위나 다른 것에서 불이익은 얻을지도 모르지만 말이오."

레오 대공이라는 말에 귀족들은 그럴지도 모르겠다는 막연한 희망을 품었다. 들려오는 풍문에 스베인에서 반란을 일으키려 했던 파펠본 공작가도 그에 의해서 살 수 있었다고 한 것이 결정적이었다.

"나는 케리 자작에게 맡기겠소."

"나도 그렇게 하리다."

귀족들이 하나같이 케리 자작의 뜻에 따르겠다고 하자 그는 한 장의 연판장을 꺼내 들고 말했다.

"서명하시오. 연판장을 들고 가야 말을 할 수 있을 테니 말이오.”

“그렇게 하지.”

귀족들이 모두 연판장에 서명을 하고 어떻게 내부 반란을 일으키겠다는 내용까지 모두 적자 케리 자작은 그것을 품에 갈무리했다. 이제 그것을 가지고 날이 새기 전에 레오를 만나러 가야 할 것이었다.

탁! 타탁! 타악!

밧줄을 타고 내려가는 케리 자작과 호위기사 두 명은 어둠을 틈타 로렌 성의 북문 쪽에서 움직였다. 자신과 연판장에 서명한 가문의 병력이 담당하고 있어서 절대 제이슨 백작이 알아차릴 수 없는 곳이었다.

“바로 가자.”

“네, 주군!”

기사들이 앞장을 서고 케리 자작이 뒤를 따르며 삼엄한 경계 속에 방어 진형을 갖추고 있는 진압군의 진영으로 달렸다.

“백기를 들어라!”

케리 자작 역시 명령을 내림과 동시에 손에 하얀 손수건을 꺼내 들었다. 그러자 진압군 진영에서 일부 움직임을 보이더니 기사 하나가 병사들을 이끌고 마주쳐 나왔다.

“누구냐!”

"나는 케리 자작이다. 진압군 총사령관께 항복하러 왔다."

"정말이십니까?"

"이 마당에 거짓을 할 이유가 있다고 보나?"

"흠! 그렇겠군요. 따라오시죠. 아! 무장은 해제하셔야겠습니다."

"그건 그렇게 하겠다."

검을 풀어서 건네주자 기사는 정중하게 받아 들고 살짝 고개를 숙였다. 기사에게 무장 해제를 요구하는 것은 상당한 실례이기에 하는 행동이었다.

"가시죠."

기사는 케리 자작과 그의 호위기사 두 명을 데리고 중앙에 위치한 레오의 군막으로 갔다. 몇몇 기사가 그것을 목격하고 따라붙어 순식간에 기사들로 인해 레오의 군막은 인의 장막으로 둘러싸였다.

"대공 전하! 반란군 측의 케리 자작이 항복을 요청하여 왔습니다. 만나 뵙기를 청하는데 어찌하올까요?"

기사는 대공의 잠을 깨워야 한다는 것에 상당히 조심스럽게 고했다.

"데려오도록!"

"충!"

안에서 불이 켜지고 레오의 그림자가 움직이는 것을 확인한 후 기사는 케리 자작에게 말했다.

"들어가시죠."

"고맙네."

기사들이 먼저 들어가 레오의 안전을 지키기 위해 늘어섰다. 물론 그들이 레오를 지킨다는 것이 어불성설이기는 했지만 만약의 경우에 몸으로라도 막을 각오로 반원을 그리며 선 것이다.

"위대한 검의 완성자이신 레오파드 대공 전하를 뵙니다."

케리 자작은 안으로 들어가자마자 기사의 예를 표하며 오른 무릎을 꿇었다.

"어서 오시오. 그래, 항복을 하러 왔다고 했소?"

레오의 무표정한 얼굴을 보며 케리 자작은 고개를 숙였다.

"그렇습니다. 여기 제이슨 폰 암브로시아 백작의 강압에 못 이겨 끌려와야 했던 귀족들의 연판장이 있으니 받아주십시오."

기사 하나가 케리 자작이 바치는 연판장을 받아 레오에게 공손히 건넸다.

"흠……. 케리 자작을 시작으로 하니건 자작, 리올린 자작… 많기도 하군. 모두 동의를 한 것인가?"

"그렇습니다."

"그래, 내가 그대들의 항복을 받아들인다 치고 언제 항복을 하고 성을 나올 것인가?"

"그것이 날이 밝으면 대공 전하께서 성을 공격해 주십시오. 그러면 그때를 노려 저와 연판장에 서명한 귀족들이 암브로시아 공작가의 군대를 공격하겠습니다. 저희만의 힘으로는 그들을 이겨내지 못하니 선택한 방법이옵니다."

"호오! 그렇다면 그대들도 공을 세울 수 있겠군. 머리를 잘 썼군. 뭐, 나쁘지 않군."

레오는 별로 반갑지 않다는 듯이 말했다. 하지만 내심 이런 상황이 오기를 바라고 있었기에 속으로는 활짝 웃고 있었다.

"좋다. 귀작들이 공을 세운다면 내 부왕 전하께 상신하여 그대들의 죄를 공으로 상쇄시켜 주겠다. 만족하겠나?"

"무, 물론입니다. 대공 전하!"

케리 자작은 레오의 약속에 머리를 바닥에 찧으며 감격했다. 죽음을 각오하고 온 것은 아니라도 최소한의 작위 하락은 감수했었다. 그런데 대역죄를 공으로 상쇄시켜 주겠다는 것은 작위도 유지해 준다는 것이니 감격하는 것도 무리는 아니었다.

"그대는 지금 바로 돌아가 준비하라. 날이 밝는 대로 군을 움직여 공격할 것이니."

"충! 명을 받들겠습니다."

케리 자작이 물러가고 홀로 남게 된 레오는 그제야 활짝 웃었다.

'기쁜 것은 사실이나 완전한 성공이 아닌 것은 조금 그렇

군. 제이슨 백작, 그자가 항복해야 하는데 말이야.'

제이슨 백작의 항복을 받아내야 했다. 그가 가지고 있는 홀리스피드의 비급을 회수하는 것이 목적이기 때문이었다. 그리고 루퍼트 제국을 휩쓸고 있는 갤러헤드 공작과 싸우려면 한 명이라도 더 많은 능력자의 합류가 아쉬운 상황이었다.

'그만 합류한다면 파펠본가의 기사들과 함께 충분히 맞설 전력을 갖추는 것이건만. 어떻게든 그자를 사로잡아야 한다. 그래야 크리먼을 비롯한 세 녀석도 넘어올 테니.'

제이슨을 회유해야 미리 사로잡아 놓은 크리먼들을 더 쉽게 끌어들일 수 있었다. 파펠본가의 기사들을 합쳐서 열 명의 마스터를 끌어모으는 셈이 되기에 충분히 맞서 싸울 수 있는 전력을 구축하는 셈이었다.

'보면 알겠지……'

레오는 손깍지를 끼며 반드시 해내겠다는 투지를 불살랐다. 그러는 사이 어느새 나타난 탈란과 아드리아가 레오의 옆으로 다가왔다.

"다녀왔습니다."

"호호홍! 저도 왔어요."

탈란과 아드리아는 레오가 내린 임무를 수행하기 위해 밤새 로렌 성을 누비고 다녔다. 탈란은 훔쳐 낸 마력탄을 로렌 성의 곳곳에 설치했고 언제든 터뜨릴 수 있도록 마법을 걸어야 했었다. 그리고 아드리아는 제이슨 백작을 비롯한 귀족들에게 몽마의 능력을 발휘하느라 마력을 거진 소진하고 온 것이었다.

"제이슨은 여전한가?"

"욕심이 대단한 인간이더군요. 그 욕심이 공포를 이겨냈어요."

"으음, 욕심이라……."

레오는 제이슨 백작의 원하는 욕심이 어떤 것인지가 궁금했다. 무예의 끝을 보고자 하는 욕심이라면 다행이지만, 권력을 쥐고 세상을 발아래 놓고자 하는 것이라면 결코 자신과 같은 길을 걸을 수 없었다.

"아무튼 수고 많았어, 아드리아."

"호호! 뭘요. 오랜만에 아주 재미있었는걸요."

"그리고 탈란."

"네, 작은 주인님."

"마력탄은 잘 심어놓았어?"

"흐흐! 물론입니다. 여기 이것이 구동장치입니다."

탈란은 작은 금속판을 레오에게 주었다. 마법진이 그려져 있는 것으로 마력을 주입하면 반응을 일으켜 연동되어 있는 마력탄이 한꺼번에 폭발할 것이었다.

'이걸 안 쓰게 되기를 바란다. 한 명이라도 더 살리려

면…….'

마지막 저주라고 떠들던 화염의 지옥은 200개의 마력탄이 한꺼번에 폭발하며 이루어질 것이었다. 파이어버스트급의 폭발이 이루어지는 마력탄이 200개라면 적어도 헬파이어에 버금가는 위력을 보일 터였다.

"다들 수고했어. 이제 날이 밝으면 저 로렌 성도 끝나게 될 거야."

"흐흐! 잠깐 동안이라도 눈을 붙이십시오. 요즘 우리 작은 주인님 얼굴이 말이 아닙니다. 쩝!"

탈란은 살이 빠진 듯한 레오의 얼굴을 보며 안쓰러운 표정을 지었다. 그것은 아드리아도 마찬가지로 어서 쉬라는 듯이 침대를 가리켰다.

"후후! 알았어. 그럼 이따 봐."

"호호홍! 쉬세요, 작은 주인님!"

레오가 침대에 눕는 것을 보고 탈란과 아드리아가 바깥으로 나갔다. 둘은 레오가 힘들어하는 모습을 보며 안타까워하는 표정으로 말없이 어둠 속으로 스며들어 갔다.

둥! 둥! 둥! 둥!

전투를 알리는 북소리가 아침 일찍부터 진압군 진영을 뒤흔들었다. 그리고 오와 열을 맞추며 중장갑 보병대가 선두로 나섰다. 그 뒤는 공성 병기를 갖춘 공성병과의 부대들이 나타났다.

"백작님! 적군이 움직입니다."

제이슨은 기사의 당혹감 어린 보고에 인상을 굳혔다. 벌써 이틀째 물을 마시지 못한 병사들은 입술이 바짝 말라 힘없이 늘어지기 시작했다. 그런 마당에 적들이 대규모 공성을 시작하려고 한다니 안 그래도 마른 입술에 불이 옮겨 붙은 느낌이었다.

"지금 나갈 테니 다른 귀족들에게도 전투에 나서라고 전하라."

"충!"

불길한 마음을 감출 수 없어 허둥거리며 갑옷을 찾아 입었다. 이미 휘하의 기사는 모두 성벽에서 전투에 나서고 있을 상황이라 노예들의 도움을 받아 챙겨 입고 길을 나섰다.

"쏴라! 적들이 접근하지 못하게 해야 한다. 쏴라! 쏴!"

성벽 위에는 기사들이 독전을 하며 병사들에게 화살을 쏘라고 외치고 있었다. 멀리 보이는 다른 성벽 위에서도 전투가 벌어지고 있는지 병사들의 움직임이 활발하게 이루어지고 있었다.

'아직은 괜찮은가? 하긴…….'

로렌 성의 성벽은 높고 두꺼웠다. 거기에 더해 가파른 언덕 위에 만들어져 있어서 공성 병기를 끌고 오기도 어려웠다. 아무리 레오의 무력이 대단하다고 해도 홀로 이 로렌 성을 무너뜨릴 수는 없을 거라는 믿음으로 지휘소로 올라섰다.

"이게 어떻게 된 일이냐!"

일갈을 터뜨리는 제이슨 백작의 물음에 기사 하나가 빠르게 다가와 보고했다.

"그것이 저들이 화살의 사거리를 기점으로 전진과 후퇴를 반복하고 있습니다. 해서 이런 상황이……."

언덕의 아래 지점에 로렌 성에서 쏘아진 화살이 무수하게 지면에 박혀 있었다. 반면 적들의 시체는 하나도 없었고 다시 적군이 대오를 갖춘 채 다가오는 모습이 보였다.

"으득……."

적들은 공격할 의사가 없는 것으로 보였다. 다만 자신들의 어려움을 틈타 쉬지도 못하게 만들겠다는 작전인 것이다. 이렇게만 해도 물을 마시지 못한 병사들은 하루도 못 버티고 탈진해서 쓰러지게 될 우려가 컸다.

'그렇다고 방어를 포기할 수도 없으니…….'

빠드득!

화살을 날리지 않으면 저들은 그 틈을 노려 빠르게 언덕을 올라올 것이었다.

"저, 저기를 보십시오."

"응?"

"북문과 남문으로 적군이 밀려들고 있습니다. 그런데……."

기사의 외침에 제이슨 백작의 시선이 북문과 남문을 번갈아가며 살폈다. 그런데 한 가지 이상한 점이 눈에 들어왔는데 아무도 그쪽에서는 화살을 날리지 않는다는 점이었다.

"이런 머저리 같은 놈들!"

전진과 후퇴를 반복하며 기만술을 쓰고 있는 적들의 움직임에 북문과 남문의 수비를 맡은 귀족들이 속아 넘어간 거라 생각했다. 당연히 입에서는 욕설이 터져 나왔고 그는 기사를 손짓하며 외치듯이 말했다.

"당장 전령을 보내서 싸우라고 전해! 당장!"

"네? 넵!"

기사가 달려가는 와중에도 제이슨 백작의 눈은 여전한 분노로 이글거리듯이 타올랐다.

콰앙!

전령이 달려가기도 전에 터져 나온 묵직한 괴음에 제이슨의 안색이 급변했다. 북문과의 거리가 제법 멀었지만 그곳에서 들려온 그 괴음은 분명 무언가가 터져 나가는 소리였다.

"우와아아! 반란군을 제압하라! 이제 우리 케리 자작군은 진압군이다!"

"나를 따르라! 반역자 암브로시아 공작군을 제압한다. 우리 하니건 자작군 역시 진압군이다!"

속속 들려오는 마나가 실린 음성들은 휘하의 귀족들이 진압군임을 천명하는 외침이었다. 그 음성이 터진 이후 북문과 남문이 모두 활짝 열리고 그곳을 통해서 진압군들이 속속 안으로 밀려들었다.

'아뿔싸!'

귀족들이 모두 배신을 하고 진압군의 편에 붙어버렸다. 그리고 그들의 지휘를 받는 군사들은 늘어졌던 모습에서 벗어나 활기가 넘치고 있었다. 살길을 찾았다는 것에 바닥까지 떨어졌던 사기를 회복한 모습으로 자신의 군사들을 공격해 왔다.

"주군! 타, 탈출을……."

기사들이 보기에도 이미 전황은 틀어진 상황이었다. 이미 수만이 넘는 진압군이 로렌 성으로 들어왔고 진압군의 편에 가담한 귀족들의 군사들까지 합하면 승산은 없다고 봐야 했다.

"으윽……."

분노로 입술을 깨무는 제이슨 백작은 모든 것이 틀어진 상황에 마지막 비상수단을 꺼내 들어야 했다.

'갤러헤드 공작에게 가야 한다. 비록 그에게 비급을 바쳐야 하겠지만, 내가 익힌 것만으로도 우리 가문은 영원할 수 있을 것이니…….'

기사단을 제외한 모든 전력을 버리고 가야 하는 것이 아쉬웠지만 별다른 방법이 없었다. 거금을 들여서 만들어놓았던 텔레포트 스크롤을 꺼냈다. 휘하의 핵심 기사들을 데리고 탈출하여 영지의 모든 것을 들고 루퍼트 제국으로 넘어갈 생각이었다.

"기사들을 모아라!"

"충!"

기사들은 제이슨 백작이 텔레포트 스크롤을 사용해서 빠져나가려고 함을 깨닫고 빠르게 그의 주위로 몰려들었다. 많은 수가 이동할 수는 없지만 적어도 100여 명의 기사는 빠져나갈 수 있을 것이었다.

찌익!

"텔레포트!"

스크롤을 찢으며 텔레포트 마법을 활성화시켰다. 이제 곧 마법이 발현되고 제이슨은 미리 설정해 놓았던 좌표로 날아가게 될 거라 믿었다.

후우웅!

고대하던 마나가 움직이고 발밑에 만들어진 마법진이 거대한 빛무리를 뿜어내기 시작했다.

'두고 보자!'

이를 갈아붙이며 다음을 기약하는 제이슨 백작의 신형이 빛 리 속으로 사라지기 시작했다.

파앗!

빛이 꺼지고 텔레포트에 성공했다고 여긴 제이슨 백작은 다시 되돌아온 시야로 주위를 살폈다.

"이, 이런……."

분명 자신은 텔레포트를 시도했고 마법진 속으로 사라지는 자신을 느꼈었다. 그런데 다시 나타난 곳은 좌표에 설정된 곳이 아니었다.

"와아아아! 반란군을 처단하라!"

"밀어붙여라! 적진이 무너지기 시작했다!"

자신이 떠났던 로렌 성이었다. 그곳을 뒤흔들고 있는 음성들이 귀청을 때리고 있는 것이었다.

"주, 주군!"

기사들도 의외의 상황에 어찌할 바를 모르고 웅성거렸다.

"거기까지!"

공중에서 들려오는 음성에 모두의 시선이 그 소리가 난 곳으로 돌려졌다.

"레, 레오 대공……."

줄기줄기 피어오른 오러가 실린 플랑베르주를 든 채 자신들을 향해 겨누고 있는 사람은 바로 무적의 기사로 알려진 레오였다.

"항복하는 자 목숨만은 살려주겠다. 그리고 그대들의 명예도 지켜주도록 하지. 물론 내가 내거는 조건에 동의해야겠지만."

레오의 말에 기사들의 움직임 멈췄다. 기사의 명예를 지켜주겠다는 말에 움찔한 것이었다.

반역을 일으켰다가 항복한 기사들의 말로는 노예로 팔리지나 않으면 다행인 경우에 속했다. 그런 상황에서 명예를 지킬 수 있게 된다면 적어도 기사의 작위는 지키게 해주겠다는 뜻이었다.

"현혹되지 마라! 세상 그 누가 반란군의 명예를 지켜준다더냐!"

제이슨은 기사들의 동요에 일갈을 터뜨렸다. 그러나 허공에 떠 있는 레오의 얼굴에는 비웃음이 일었다.

"어리석은 놈! 속된 말로 저런 하급기사들이 무슨 죄가 있다더냐! 다 네놈 같은 배덕자들을 주군으로 모신 죄로 이곳에 있는 것이거늘!"

레오의 독설에 제이슨은 분노가 머리끝까지 치밀어 올랐다. 자신의 실력으로 상대할 수 없음은 알지만 이렇게까지 자신만 죽일 놈으로 만드는 것은 또 무슨 경우란 말인가.

"이놈! 아무리 뜻이 달라 이렇게 됐다고 해도 난 한 무리의 수장이다. 결코 네놈에게 모욕을 당할 위치가 아님을 명심하라!"

"풋! 그렇게 네 스스로가 대단하다고 생각하니 그렇게 된

줄도 아직 모르고 있었군."

"뭐라!"

"한마디로 주제 파악을 못하고 있다는 소리다. 어리석은
작자야!"

"크윽……."

주제 파악도 능력도 안 되는 어리석은 얼간이가 왕이 되겠
다고 설쳤다는 독설이었다. 그 독설에 참고 있을 사람은 없을
것이었다.

"죽여 버리겠다!"

분노로 이성이 마비된 제이슨 백작이 검을 뽑아 들고 그대
로 레오를 향해 쇄도해 들어갔다.

쐐에에에엑!

빛살을 가르며 날아드는 제이슨 백작의 검은 하나의 선을
빠르게 그려냈다. 그 선은 레오의 목을 향해 순식간에 밀려들
었고 당장에라도 꿰뚫을 것처럼 강렬한 힘을 자랑했다.

투캉!

"크윽!"

검과 검이 부딪히는 소리와 함께 뒤로 밀려 나는 제이슨 백
작은 낭패한 모습으로 변해 있었다.

"고작 그 정도의 능력으로 세상을 움켜쥘 생각을 했던가?"

"크으……."

"갤러헤드 공작이 너를 중하게 여기겠다고 하더냐? 고작 그 정도의 능력을 가지고 있는 네놈을?"

레오의 독설에 낭패한 와중에도 제이슨 백작은 고개를 뻣뻣하게 쳐들었다.

"아마 네놈이 가면 비급을 빼앗기고 소리 소문도 없이 죽어나갈 거다. 아니라고 생각하나?"

"그럴 리가 없다! 갤러헤드 공작님은 유니온의 수장으로 황제가 되실 몸. 결코 허언을 하실 분이 아니다."

기사들의 동요를 막기 위해서라도 항변해야 했다. 구차한 그의 말에 기사들은 이미 고개를 숙이고 있었다.

"후후! 그래서 네놈이 어리석은 거다. 반란의 씨앗이 될 수 있는 네놈을 살려둘 이유가 어디에 있겠느냐!"

"으으……."

레오의 말을 듣고 보니 자신이 가지고 있는 힘은 나중에 언제든 갤러헤드 공작에게 반기를 들 수 있는 것이었다.

자신이 주인이라고 해도 자신을 물려고 하는 개를 키울 이유가 없었다. 사냥이 끝나면 언제든 죽여서 없애 버려야 후환이 없는 것은 만고불변의 진리가 아니었던가.

'내가 어리석었던가. 하아…….'

속으로 깊은 한탄을 하는데 어느새 전투가 멎었는지 그 어떤 소음도 들려오지 않았다. 주위를 둘러보니 2만의 휘하 병력은 대부분 투항했고 일부는 싸늘한 시체가 되어 바닥을 구르고 있었다.

"선택하라! 항복한다면 네놈의 목숨은 살려주마. 단 영원히 내가 만든 탑에서 벗어나지 못할 것이다. 나머지는 말하지 않아도 알 것이고."

싸우고 싶었다. 비록 토사구팽당한다고 해도 자신의 모든 것을 망친 레오보다는 나을 거라는 생각도 들었다. 그러나 저 대적불가의 기사를 상대로 이길 가능성은 존재하지 않았다.

"으음……."

"항복하겠습니다."

"저 역시……."

휘하의 기사들이 검을 던지고 항복을 선언해 버렸다. 하나 둘 검을 내던지더니 결국에는 자포자기하는 심정으로 심복들마저 내려놓았다.

'아아, 저들마저…….'

심복 기사들마저 투항하는 것에 제이슨은 절망했다. 모든 것을 잃어버린 뼈저린 고통이 밀려들며 자신의 능력이 여기까지라는 것에 좌절했다.

"너만 남았구나. 어찌하려느냐?"

레오의 물음에 제이슨은 모든 것을 포기한 허탈한 심정으로 대답했다.

"항복하겠습니다. 모든 것은 대공의 뜻대로 따르겠으니 부하들에게 한 약속은 지켜주시기 바랍니다."

제이슨이 검을 내려놓으며 바닥에 주저앉자 레오는 들고 있던 플랑베르주를 거둬들였다.

"들어라! 우리는 승리했다. 모두 승리의 함성을 질러라!"

"우와아아아! 프로렌스 왕국 만세! 대공 전하 만세!"

"만세! 만세! 만세!"

고생한 반란군 측에 속했던 이들마저 만세를 삼창하며 내전이 막을 내렸다. 이제부터는 이 내란으로 인해서 벌어진 모든 것에 대한 복구가 남아 있었다.

"전하, 시종장이옵니다."

집무실에서 한창 피해 복구에 몰두하던 레오는 갑작스럽게 찾아온 시종장을 맞이했다. 지난 로렌 성의 함락을 계기로 제이슨 백작마저 검탑에 합류하기로 했기에 그에 대한 처리로 한창 바쁜 시기였다.

"어서 오시오."

여전히 프로렌스 왕국민들은 레오를 왕자가 아닌 위대한 기사의 후예이자 대공인 레오로 대우했다.

"지금 즉시 대전으로 납시셔야 할 것 같습니다."

"대전으로? 무슨 일이 있던가?"

"그것이… 나이츠 제국으로부터 연락이 왔었습니다."

"나이츠 제국이라……. 흠, 알겠소."

레오는 나이츠 제국에서 연락할 일이 무엇일까 생각해 보았다. 결론은 오직 하나, 반란을 일으킨 적들의 공세에 밀리고 있으니 그것을 도와달라는 내용일 것이었다.

쿵! 쿵!

"레오파드 폰 프로렌스 대공 전하께서 드십니다."

대전 안의 귀족들은 레오의 입장에 몸가짐을 바로 하고 고개를 숙였다. 왕실을 위협하던 모든 적을 물리치고 왕권을 강하게 바로 세운 인물이자 장차 이 나라의 국왕이 될 것으로 믿어 의심치 않는 이의 등장이었다.

"부왕 전하, 찾으셨습니까."

"그래, 어서 오너라."

프로렌스 7세는 아들의 얼굴을 오랜만에 보는 셈이라 반가움이 앞섰다. 흐뭇한 미소를 짓는 그는 아들에게 기죽어 있는 귀족들의 모습을 훔쳐보며 속으로 기쁨의 웃음을 터뜨렸다.

"그런데 기분이 무척이나 좋아 보이십니다."

"하하하! 내가 기분이 나쁠 이유가 없지 않느냐."

"그렇습니까? 하하! 부왕 전하께서 그러시다니 저도 기쁩니다만, 그 이유를 알 수 있겠습니까?'

"우리 프로렌스를 소국이라 깔보던 나이츠 제국에서 온 연락 때문이니라."

"그렇군요. 그들이 무슨 애원이라도 한 것입니까?"

"호오! 역시 대공의 안목이 뛰어나구나. 맞다! 그들이 대공의 도움을 청해왔다. 반란군을 제압하지 못하고 일진일퇴를 거듭하고 있다더구나."

"후후! 역시 그렇군요. 언제까지 와달라고 하던가요?"

"하루라도 빨리 보내달라고 청을 해왔다. 그들이 버틸 수 있었던 이유는 이름과는 다르게 마법사들의 나라이기 때문이었지. 하지만 마도사급의 인물들이 영문을 모르게 죽어나가더니 그것도 어려워진 모양이더구나."

"흠……. 암살이로군요."

"그런 거겠지."

"바로 가면 되는 겁니까?"

"애간장 좀 녹이다 가는 것을 권한다만."

"후후! 아무리 적국이라고 해도 사람의 목숨은 소중한 것입니다. 바로 가도록 하겠습니다."

"하하하! 역시 내 아들이다. 출정을 허락하겠다."

부친의 허락이 떨어지자 레오는 귀족들을 한 차례 훑어보며 경고의 눈빛을 보냈다. 허튼수작하면 재미없을 거라는 그 눈빛에 귀족들은 일제히 고개를 숙이며 눈빛을 피해 버렸다.

Chapter **04**
포이즌킹의 전설

　나이츠 제국은 포이즌킹의 전설을 이은 루인 공작가로 인해서 반으로 쪼개질 상황에 처했다.

　이미 제국의 동부를 장악한 루인 공작의 병력이 중부를 기점으로 그 동편을 차지하고 버티는 중이었다. 일진일퇴의 공방전을 벌이고 있지만 그들이 가진 독을 이용한 전술에 많은 병력 손실을 입고 말았다.

　후우웅! 스팟!

　마법진이 열리고 그 안에서 몇몇의 사람이 나타났다. 그 모습에 근위기사단의 단장을 비롯한 대기하고 있던 인물들이 바짝 긴장했다.

"레오파드 폰 프로렌스 대공 전하께서 나이츠 제국에 오신 것을 진심으로 환영합니다."

"환영합니다, 대공 전하!"

비록 타국의 대공이라고는 해도 그들이 간절하게 요청해서 원군으로 와준 사람이었다. 사소한 실수로 비위를 건드리고 싶은 마음은 없으니 정중하게 예의를 다했다.

"아! 만나서 반갑소."

레오는 자신을 맞이한 인물, 나이츠 제국의 근위기사단장이자 후작의 작위를 가진 노기사를 보며 짧게 고개를 숙였다.

"저는 발렌시아 후작입니다, 대공 전하."

"발렌시아 후작이셨구려. 만나서 반갑소."

나이를 떠나 레오가 가진 작위는 루퍼트 제국 대공의 작위였다. 언제라도 루퍼트 제국의 황권에 도전할 수 있는 황위 계승 서열에 든 인물인 것이다. 같은 제국 급이기에 두 단계나 높은 고귀한 귀족이었다.

"이쪽은 영접을 맡은 맥나한 공작 각하이십니다."

"대공 전하께서 오신 것에 진심으로 감사합니다. 맥나한 폰 이글레시아 공작입니다."

"만나서 반갑군요, 맥나한 공작 각하!"

공대로 예를 갖추는 레오를 보며 맥나한 공작은 희미한 미소를 지었다.

"황제 폐하께서 기다리고 계십니다. 소작을 따라오시지요."

"그럽시다."

레오와 그 일행들은 맥나한 공작을 따라 황궁으로 이동했다. 가는 동안 보이는 나이츠 제국의 황궁의 모습은 감탄을 자아내는 거대함과 웅장함, 그리고 예술적인 모습을 두루 드러냈다.

"정말 멋진 황궁이로군요."

"하하! 저메인 초대 황제께서 드워프들의 도움을 받아 완성시킨 걸작이지요. 5백 년이 넘었지만 여전히 그 위엄과 아름다움은 보는 이를 감탄시킵니다."

"5백 년이라… 대단하군요."

기나긴 역사가 그대로 녹아 있는 황궁이라 그런지 작은 흠집마저도 예술로 보일 지경이었다.

"고하시게."

황궁의 가장 커다란 곳에 도착하자 화려한 문 앞에서 맥나한 공작이 말했다. 그러자 머리가 희끗한 노시종장이 지팡이를 들고 문을 열고 안으로 들어갔다.

쿵! 쿵!

"위대한 검의 주인이자 루퍼트 제국의 대공이신 레오파드 폰 프로렌스 전하께서 황제 폐하를 알현하고자 하십니다!"

시종장의 낭랑한 음성이 들리고 곧이어 중후한 음성이 뒤를 따랐다.

"들라 하라!"

문을 열고 다시 나온 노시종장이 좌우로 늘어선 기사들에게 신호를 보냈다.

"들어가시지요, 대공 전하!"

"고맙소. 한데 검은……."

"괜찮사옵니다. 대공 전하께서는 위대한 검의 주인이시기에 존경의 예를 다하라 하셨사옵니다."

"그렇군. 고마우신 배려에 감사해야겠구려."

대전에 들어갈 때는 그 누구도 검을 착용할 수 없었다. 특히 외국에서 온 사절이라면 더욱 그러했는데 존경의 예를 다하라고 했다는 소리를 들으니 괜히 기분이 좋아졌다.

저벅! 저벅! 저벅!

너른 대전에 오직 레오와 그 일행이 옮기는 발걸음 소리만 가득했다. 입을 굳게 다물고 레오의 행적 하나하나를 따라 움직이는 귀족들의 눈동자에는 호기심과 의문이 공존하고 있었다.

"나이츠 제국의 황제 폐하를 뵈오니 무한한 영광입니다. 프로렌스 왕국에서 온 레오파드 폰 프로렌스입니다."

화려한 미사여구는 없지만 자신의 작위를 말하지 않는 것으로 아랫사람이라는 뜻을 표시하자 황제의 얼굴에 미소가 번졌다.

"어서 오라. 내 그대의 강함을 익힌 들은 바 이렇게라도 만나게 되어 심히 기쁘도다."

"황공합니다, 폐하!"

레오가 예를 다하는 모습에 귀족들의 눈빛에 걸려 있던 한 가지는 사라져 갔다. 위기의 상황에서 부른 탓에 오만방자함을 보이지는 않을까 하는 우려의 빛이었다.

"대공도 본 제국의 사정을 들었는가?"

"오기 전에 들어서 알고 있습니다. 루인 공작가 반란을 일으켰다고 들었습니다. 그리고 그들의 가지고 있는 전설이 남긴 힘 때문에 고전하고 있다는 정도입니다."

"그래, 내 선대 황제들을 뵐 면목이 없노라. 그 간악한 작자들에 의해서 죽어간 짐의 병사들에게도……."

황제의 침통한 얼굴을 보며 레오는 살짝 미소를 지으며 위로의 말을 전했다.

"이제 제가 왔으니 그들은 곧 힘을 잃게 될 것입니다. 특히 저희가 가지고 온 것이라면 포이즌킹의 전설을 이은 그들에게는 천적과 같은 위력을 발휘할 것입니다."

"오! 그런 것이 있었소?"

"탈란! 가지고 와."

"네, 대공 전하!"

탈란은 나이츠 제국의 황궁 안이기에 깍듯하게 대공 전하라는 명칭을 사용하며 작은 상자 하나를 건넸다.

"이것입니다."

"응? 그것은… 마력탄이 아니오."

나이츠 제국에서도 마력탄에 대한 것을 알고 있었다. 한 개의 마력탄의 위력은 방원 50미터를 날려 버릴 수 있는 것이지만 독과는 무관했다.

"후후! 제 휘하의 마법사들이 마력탄을 개량하여 만들어낸 물건입니다."

"그런가? 어떤 위력으로 변한 건지 말해주겠는가?"

"물론입니다. 마력탄에 화염 속성을 걸어 독을 태워 버리게끔 만들어졌습니다."

"아, 독을 태운다……."

"독을 사용하여 적을 상하게 하려면 제일 먼저 바람을 고려해야 합니다. 바람이 역풍으로 불 때는 절대 독을 사용해서는 안 되니 말입니다."

"그렇기는 하겠지."

"반대로 바람이 순풍으로 불 때를 노려 적이 독을 사용하면 그들의 앞에 이것을 터뜨리면 됩니다. 독이 바람을 타기 전에 뜨거운 화염에 의해서 불타 버릴 것이니 말입니다. 아울러 적에게도 꽤 많은 타격을 입힐 수도 있겠지요."

"하하하! 참으로 괜찮은 물건이로다. 아국에서도 개발을 했었지만 그런 용도로 쓸 생각은 하지 못했던 물건이었는데 말이야."

"후후! 그렇습니까?"

"뭐, 이제라도 많이 만들어내면 되겠지. 그래, 화염마력탄은 얼마나 가지고 온 것인가?"

"모두 1천 개입니다. 대규모 집단전에서 사용하면 적들에게 괴멸적인 타격을 입힐 수 있을 것입니다."

상상을 해보면 1천 개의 마력탄이 터지는 곳이 어떻게 될지 느낄 수 있었다. 아마도 수만 명이 한꺼번에 폭사하고 적들은 엄청난 혼란에 휩싸이게 될 것이었다.

"허허허! 대공이 오니 내 우환이 모두 사라지는 기분이구나. 좋다! 오늘은 대공을 위한 파티를 열 것이니 모든 신료는 준비토록 하라!"

"명을 받드옵니다, 폐하!"

대전의 귀족들이 모두 고개를 숙이며 복명하자 황제는 한참을 껄껄거리며 즐거워했다.

환영 파티라고는 해도 그다지 반가운 자리는 아니었다. 시

작과 동시에 황자들과 황녀들의 인사가 이어졌고 그다음은
나이츠 제국의 귀족들과의 만남이었다. 사람이 사람을 만나
는 것만큼 힘들고 어려운 일도 없을 것이었다.

"잠시 앉아도 될까요?"

레오는 자리에 앉아서 몇 시간 만에 휴식을 취하고 있었다.
그런데 들려온 여인의 음성에 미간을 살짝 모았다.

"아! 황녀님이시군요. 앉으십시오."

나이츠 제국의 2황녀이자 3황자의 누이라 소개받았던 멜
리사 황녀였다.

'무슨 일로 온 거지……?'

귀찮은 티가 무던히 묻어나오는 레오의 표정에도 멜리사
황녀는 맡은 편에 앉으며 환하게 미소를 지었다.

"파티는 즐거우신가요?"

"후후! 파티를 좋아하는 편은 아닙니다. 황제 폐하의 배려
를 무시할 수 없어 앉아 있기는 합니다만."

"호호! 역시 그런 거 같았어요. 하기야 아직 나이도 어리다
고 들었는데 그 정도의 실력을 쌓으려면 파티 같은 것은 관심
도 없었겠어요."

"생각해 보니 그렇군요."

지금까지 레오는 파티를 몇 번이나 해봤는지 꼽아보았다.
그러자 한 손에 모두 꼽힐 정도로 파티와는 담을 쌓고 살아온

인생이었다.

"저… 그런데 그렇게 수련만 하셨으면 사귀는 레이디도 없겠어요? 그렇지 않나요?"

뭔가 기대에 찬 눈빛으로 묻는 황녀의 물음에 레오는 고개를 가로저었다. 아직 여자에게는 관심이 없어서 사귀는 사이라고 할 수는 없었지만 가슴속에 남아 있는 한 여인의 얼굴이었다.

'아젤리카는 잘 있으려나?'

당돌하고 어찌 보면 말괄량이에 가까운 여인이 아젤리카였다. 하지만 그녀의 아름다움과 자신에게 기대었던 그 모습들이 떠올랐다.

"사귀는 여인이 있습니다."

"아… 그렇군요."

시무룩해지는 황녀의 표정을 보며 레오는 아젤리카에 대해서 이야기했다. 그녀에 대한 이야기를 할수록 레오의 표정이 밝아지는 것을 보면서 멜리사 황녀는 아젤리카에 대한 작은 질투를 느껴야 했다.

쿵! 쿠쿵!

갑작스런 폭음이 멀리서 전해져 왔다. 황궁은 7클래스의 마법까지 방어할 수 있는 마법진이 깔려 있는 곳으로 폭음이 들릴 이유가 없는 곳이었다.

'무슨 일이 벌어진 것인가?

레오는 약간 놀란 표정을 하고 있는 멜리사 황녀에게 앉아 있으라는 손짓을 한 후 파티장을 살폈다.

"무슨 일인지 알아보라!"

"충!"

근위기사단장이 뛰쳐나가고 검을 든 기사들의 움직임이 분주해졌다.

쎄에에엑!

뭔가 날카로운 것이 날아드는 소리에 레오는 있는 힘을 다해 그 소리가 진행되어가는 방향으로 움직였다.

"차앗!"

레오의 손이 허공중에서 비쾌하게 움직이고 그가 만들어낸 오러가 그대로 뻗어나갔다.

투캉!

다행히 황제에게 뻗어가던 물체를 중간에서 쳐낸 레오는 그의 앞에 내려서며 외쳤다.

"적의 암습이다. 탈란!"

"동쪽의 창문입니다."

탈란은 공격이 시작된 시발점을 말하고 그쪽으로 달려갔다. 그러자 창문을 뚫고 들어오는 검은 갑옷의 인물들이 막아서는 근위기사들에게 뭔가를 겨눴다.

투투투투투투투투퉁!

무수히 튀어나오는 작은 암기들이 기사들의 전신에 박혀 들었다. 비명도 지르지 못하고 죽어나가는 기사들은 쓰러지기 무섭게 순식간에 한 줌의 녹수로 화해갔다.

"암기에 독이 묻었다. 조심!"

"염려 마십시오!"

기사단장이 파티장을 나서자 공격을 감행해 온 의문의 암습자들에 레오가 아공간에 넣어두었던 플랑베르주를 꺼내 들었다.

"폐하를 보호하라! 어서!"

파티장의 천장에서 뒤늦게 뛰쳐나오는 로열가드들이 인의 장막을 만들며 황제의 보호에 나섰다. 그러나 그들만으로는 적들이 가지고 있는 정체불명의 병기를 막을 수 있을지는 의문이었다.

'마스터라고 해도 저 정도의 병기는 막아내기 어렵다. 나라면… 가능은 하겠지만…….'

사위를 가득 메우며 날아가는 암기는 기사들의 두꺼운 갑옷을 관통하는 위력을 지니고 있었다. 오러실드를 두른다면 가능하겠지만 그것을 못하는 마스터라면 전부 막아내는 것은 무리였다.

"크크크! 모두 제거하라!"

창문으로 들어 온 자는 모두 스무 명이었다. 결코 많은 숫자가 아님에도 그들이 들고 있는 원통 모양의 병기는 그 열세를 단숨에 만회하는 위력을 보였다.

"아악!"

루인 공작가의 특작대로 보이는 자가 병기를 겨눠 아직 나이 어린 황녀에게 암기를 쏘아냈다. 비명을 지르며 공포에 질린 것을 본 레오는 분노를 폭발시키며 검을 쏠어냈다.

"모두 죽이리라! 소드라이너!"

후앙! 쎄에에에엑!

공간을 가르며 날아가는 검의 형상이 빛살이 되어 병기를 겨눈 적의 몸을 갈랐다. 다행히 쏘아졌던 암기까지 가루로 만들었기에 황녀는 무사할 수 있었다.

"어린아이까지 노리는 너희는 무도함을 원망하라! 소드카이저!"

레오가 공포에 질려 있던 파티장을 종횡무진 누비기 시작했다. 그를 향해서 쏘아지는 무수한 암기는 그의 신형이 스치고 지나간 다음에 벽에 박혀 들었다.

"커억!"

"크륵……."

공간이동이라도 하듯이 레오의 신형이 사라졌다가 다시 나타날 때마다 한 명씩 적들이 목숨을 잃고 쓰러졌다.

"으득, 하독하라!"

적들의 우두머리로 보이는 자가 품 안에서 하나의 통을 꺼내 들었다. 손에 녹피장갑을 끼고 있는 그들의 행동에 위험을 느낀 레오는 급히 탈란에게 외쳤다.

"탈란!"

"맡겨주십시오. 위대한 마나의 힘이여! 마법의 주인인 나 탈란의 의지로 명하노라! 삿된 것을 막을 지어다. 안티포이즌 존!"

후우우웅! 스스스스슷!

마법진이 일어나기 무섭게 사방으로 뻗어나가는 밝은 빛이 파티장을 뒤덮었다. 그러자 적들이 투척한 병이 깨어지며 새어 나온 녹색의 독무가 순식간에 사그라지기 시작했다.

"죽여주마!"

레오는 분노의 검을 휘두르며 남은 적들을 쓸어갔다. 그들이 한 행동은 정당하다고는 할 수 없지만 할 수는 있는 행동이었다. 다만 그 가운데 어린 황녀까지 암기로 죽이려 하지만 않았다면 말이었다.

서걱!

"크윽… 여, 역시……."

마스크를 쓴 채 습격한 무리를 지휘하던 자가 마지막으로 레오의 검에 쓰러졌다.

마스터에 이른 자는 아니었지만 그가 익힌 포이즌킹의 무예는 다른 무예와 비교해서 결코 떨어지는 것은 아니었다. 독을 이용하기에 어떤 점에서는 더욱 많은 피해를 적에게 강요할 수 있는 무예이기도 했다.

"오오! 역시 레오파드 대공이로다. 그대가 짐과 황가를 구했음이다. 고맙구나, 정말 고마워!"

황제는 적들이 모두 쓰러진 것을 확인하고 달려왔다. 그는 레오의 손을 잡으며 진심으로 고마워하며 감탄한 눈빛으로 쳐다보았다.

'후우, 저들이 이렇게 나올 줄이야……'

레오는 황제의 안위에는 관심도 없었다. 어떻게 하면 이런 악랄한 수단을 사용하는 저들을 해치울 수 있을까 하는 생각에 골몰했다.

파티장을 쑥밭으로 만든 암습자들의 시체가 모두 치워지고 그들이 가지고 있던 암기통 하나를 레오가 입수했다.

철컥!

원통형의 약간 길게 생긴 암기통으로 맨 끝에 손잡이와 격발장치가 달려 있었다.

'무슨 원리인지는 모르지만 상당한 위력이던데 말이야……'

기사들이 입고 있는 강철 갑옷을 뚫어버릴 정도로 대단한 무기였다. 그리고 한 번 쏠 때마다 100여 개의 비침이 날아가 피할 공간을 주지 않았다.

마지막으로 비침들에 발라져 있는 독들은 사람을 독수로 녹일 정도로 지독한, 이 대륙에 존재하지 않는 독이었다.

'역시 포이즌킹이었던가?'

전설 중에 무예가 아닌 다른 분야로 이름을 날린 유일한 사람이 포이즌킹이었다. 하지만 그는 이름은 날렸을망정 존경받지 못한 사람이기도 했다. 바로 독이라는 천시받는 것을 무기로 삼았기 때문이었다.

'하지만 독도 잘만 사용하면 적들을 대량으로 죽일 수 있는 위험한 것이기도 하지.'

전쟁에서 위력을 발휘할 수 있는 것이기에 나이츠 제국도 이처럼 밀리고 있는 것이었다.

'내일 전장터로 가보면 알 수 있겠지.'

어떻게 전쟁에 활용되고 있는지 알아야 했다. 그리고 그것을 보고난 후 어떻게 싸울 것인가를 결정할 생각이었다.

'후우, 잠이 오질 않는군.'

레오는 쉽사리 잠들지 못하는 밤이 무척이나 싫었다. 환경이 바뀌어서일 수도 있었고 그게 아니라면 새로운 물건을 보게 되었다는 호기심이 앞서는 것일 수도 있었다.

'아무래도 뜯어보는 게 낫겠군.'

레오는 잠이 오지 않는다는 핑계로 암기통을 분해하기 시작했다. 커다란 통을 격발장치와 분리하고 그 안의 내용을 살피니 대강의 원리를 알 수 있었다.

'대단하군. 이토록 정교하게 만들어진 마법진이라니…….
그리고 이 가루들, 대강의 냄새로 보아 유황이 들어간 거 같은데 말이야.'

이 세상에는 존재하지 않는 물질이었다. 뭔가를 배합하여 만든 것이겠지만 손가락에 묻어 있는 그 가루가 강력한 폭발력을 발휘하여 작은 비침들을 쏘아내는 것으로 보였다.

"어디 한 번… 파이어!"

손에 묻은 가루에 파이어 마법을 걸었다. 1클래스의 가장 기초적인 마법으로 불을 만들어내는 것이었다.

화륵! 파앙!

소량의 가루에 불과함에도 제법 강한 소리와 함께 폭발했다. 그 폭발력이 암기통의 내부에서 응축되었다가 한 번에 터져 나가며 비침들을 쏘아내는 원리일 것이었다.

'이 가루만 만들어낼 수 있다면 제법 많은 분야에 써먹을 수 있겠군. 하지만 위험하다. 이런 것이 발전하게 된다면 기사들은 설 땅을 잃어버릴 테니까.'

암기통만 들고 있으면 검을 수련한 기사도 가볍게 죽일 수 있었다. 어린아이라도 그렇게 될 것이니 누가 검을 수련할 것인가. 그것은 마법사도 마찬가지라고 해야 할 것이었다. 오랜 시간을 수련하고 세상에 나왔다가 어린아이가 발사한 암기에 죽는다면 누가 그 오랜 시간을 수련할 생각을 하겠는가.

'나라도 안 하지.'

레오는 이 암기는 세상을 위해서라도 사라져야 할 물건임을 깨달았다. 물론 누가 사용하느냐에 따라 달라지는 물건이겠지만 지금이라도 루인 공작가에게서 빼앗아야 할 것이었다.

'전장보다는 이 물건을 만드는 곳부터 없애야겠다. 이건 너무 위험하니……'

레오는 마음의 결정을 내리자 어수선한 것이 사라지는 것을 느꼈다. 다행히도 잠이 오는 것을 막던 것이 그것이었던 모양이었다.

─탈란, 비밀에 접근할 수 있는 자를 찾아야 해.

레오는 전장이 아닌 루인 공작가가 있는 동부의 끝으로 잠입해 들어왔었다. 그 강력한 암기통을 생산하는 시설을 부술 생각이었다.

─흐흐! 한 놈씩 잡고 처리하다보면 언젠가는 아는 놈이 나오겠지요. 뭐 세상이 다 그런 거 아니겠습니까?

탈란은 루인 공작성을 보며 그 안에 있는 모든 인간을 죽여서라도 비밀을 알아내겠다는 말을 거침없이 내뱉고 있었다. 몇 번의 전쟁에 참여하면서 숨겨져 있던 본능이 흘러나오는 것이었다.

　─쯧! 탈란 변한 거 알아?

　─제가 말씀이십니까? 저야 원래 이랬습니다만.

　─아무튼 그 방법은 안 돼. 저들도 사람들이 죽어가면 눈치챌 테니까 말이야.

　─흐음, 그럼 어떻게 하길 바라시는 겁니까?

　─간단해. 탈란의 능력을 화끈하게 발휘하는 거지.

　자신의 능력을 발휘하라는 말에 탈란의 입가로 침이 흘러내렸다.

　─흐릅! 정말이십니까? 흐흐흐! 그거야 언제든 가능합니다만.

　흡혈을 허락한 것으로 생각한 탈란이 침을 질질 흘리며 음흉하게 웃었다. 그 모습에 레오의 고개가 느릿하게 가로저어졌다.

　─여자를 꾀란 말이었어, 내 말은!

　─아! 그것도 제 주특기 중에 하나긴 하지요. 아깝다…….

　─이런! 흡혈은 안 되는 거 알지? 그럼 출동해!

　─큭, 알겠습니다, 작은 주인님!

탈란은 루인 공작성의 성탑에 레오와 함께 매달려 있다가 대화를 끝내자 박쥐의 형태로 변해 날아갔다. 아직은 밤이 늦은 시간이 아니었기에 수많은 경비병과 하인들이 성 내를 누비고 있었다.

'먼저 누구를 꾀야 하는지 알아내려면… 그래, 저 레이디가 좋겠어.'

탈란은 밤의 귀족이라 불리는 뱀파이어답게 커다란 체구를 지녔음에도 얼굴은 무척이나 잘생겼다. 하얀 피부가 눈에 거슬리기는 해도 짙은 눈썹과 높은 콧날, 그리고 사이한 아름다움을 간직한 눈동자가 조화를 이룬 얼굴이었다.

"어맛!"

누군가 뒤에서 나타나자 루인 공작성의 하녀로 일하고 있는 시린은 깜짝 놀랐다.

"아! 나 때문에 놀란 모양이로구나."

시린은 뒤를 돌아 말을 한 사람을 확인했을 때 처음보다 더 놀란 표정이 되어갔다.

'아, 저 눈빛……. 빠져들어 갈 거 같아…….'

상대의 얼굴은 보이지도 않았다. 오직 그가 보이고 있는 그 눈빛 하나에 완벽하게 빠져들어 가는 것이었다.

"이렇게 아름다운 레이디가 있었다니……. 이름이 뭐지?"

나른하게 몸을 가라앉게 만드는 음성이었다. 그리고 그 음

성은 마음을 너무도 편안하게 만들었고 상대방에 대한 거부
감을 완전히 사라지게 만들었다.

"아아……. 시, 시린이에요."

"그렇구나. 시린, 왜 이렇게 아름다운 레이디가 있는 것을
몰랐을까?"

탈란의 손이 자연스럽게 시린의 어깨에 닿았다. 일반적인
상황이라면 그 어깨에 놓인 손을 쳐내고 소리를 질러야 정상
이지만 지금 시린은 그 손길에서 느껴지는 짜릿한 감촉에 이
성이 무너져 내리고 있었다.

"흡!"

갑작스럽게 입술을 덮쳐 오는 탈란에 의해서 시린은 눈을
질끈 감았다. 왜 거부할 수 없는지 몰랐지만 온몸이 허공으로
둥둥 떠오르는 느낌에 자신도 모르게 살짝 속옷을 지리고 말
았다.

'아아, 너무 좋아…….'

시린은 너무 행복한 느낌에 탈란의 목을 힘껏 끌어안았다.
그리고 언젠가 친구 제니에게 들었던 대로 열심히 혀를 놀려
탈란을 즐겁게 하려 노력했다.

"아…….."

탈란의 입술이 떨어진 순간 아쉬움의 탄성이 시린의 입에
서 흘러나왔다. 그녀는 뭔가를 갈구하는 눈빛으로 탈란의 두

눈을 맞췄다.

"미안, 내가 중요한 일을 해야 해서 말이야. 그러니까 중요한 서신을 전해야 하는데… 그 누구더라… 이곳에서 가장 중요한 역할을 하는 분의 부인이라고 했는데……."

"누구를 말씀하시나요……? 에롯 총관님을 말씀하시는 건가요? 아님 발자크 집사장님일까요?"

시린이 하는 말에 탈란은 총관보다는 집사장을 선택하기로 했다. 총관이 더 많은 것을 알 것 같지만 실제로 집사장이라는 신분이 비밀에 접근해 있었다.

"그래, 발자크 집사장이라고 한 거 같았어. 그 부인되시는 분은 어디에 있지?"

"로지 하녀장님은 저기 별관에 계세요. 1층이 로지 하녀장님의 거처예요. 물론 발자크 집사장님도 함께 계시구요."

"고마워. 내가 우리 시린 때문에 헛수고를 안 하게 됐네. 호호호!"

탈란은 시린을 다시 한 번 안아주며 뜨거운 키스를 해주었다. 그리고 마지막으로 뱀파이어의 권능을 사용했다.

ㅡ너는 지금 있었던 모든 것을 잊는다. 알겠느냐?

후우웅!

어둠의 마력이 눈에서 흘러나오고 그것을 본 시린은 몽롱하게 풀린 눈으로 고개만 끄덕였다. 그리고 얼마 지나지 않아

정신을 차린 그녀는 혼자 멍하니 서 있는 자신을 느꼈다.

"어맛! 내가 뭐하고 있는 거람."

그녀는 해야 할 일을 놔두고 멍하니 있었던 것에 서둘러 바닥에 놓여 있던 바구니를 들고 종종걸음으로 사라져 갔다.

"알아왔습니다."

밤이 깊은 늦은 시간이 되어서야 탈란이 돌아왔다. 성탑에서 기다리던 레오는 어슴푸레하게 동녘이 밝아오는 것에 꽤 오랜 시간을 탈란이 돌아다녔음을 알았다.

"하암……. 덕분에 잘 쉬었어."

딱딱한 화강암을 잘라 만든 성탑의 바닥에서 몸을 일으킨 레오의 앞에 탈란이 앉았다.

"집사장이라는 놈을 족쳤더니 술술 불었습니다. 세 곳이 있는데 그중 어디에서 그런 것을 만드는지는 모른다고 했습니다."

"세 곳씩이나? 흠, 한 곳이 털리면 다른 곳은 철저하게 지키거나 다른 곳으로 옮겨 버릴 텐데 말이야."

레오의 말에 탈란은 셋이서 한 곳씩을 맡아서 해결하는 것이 어떻겠느냐고 물었다. 지금으로서는 그 방법이 제일 무난한 방법이라 여긴 레오는 탈란과 아드리아에게 한 곳씩을 맡기고 자신은 가장 가능성이 큰 곳을 맡기로 했다.

'영주성 북쪽의 크랑산에 있는 폐요새라……. 나름 뭔가를 숨기기에는 좋은 장소였겠군. 지금은 군사요새 뺨치는 수준으로 바뀌었겠지만.'

반란을 일으키기 전에는 제국의 이목을 피할 수 있는 곳으로 선택되었을 것이었다. 물론 반란이 일어난 지금은 대놓고 그 암기통을 생산하는 시설이 되어 있을 가능성이 컸다. 그게 아니더라도 그들의 주특기 가운데 하나인 독을 생산하는 시설일 수도 있었다.

'일단 가보면 알게 되겠지.'

레오는 성탑에서 몸을 날려 경신술을 이용해 크랑산의 요새로 이동했다. 가는 내내 삼엄한 경계가 펼쳐져 있었고 철저하게 위장된 초소가 여러 곳에서 발견되었다. 그리고 그들이 들고 있는 이상한 원통형의 무기가 레오의 신경을 건드렸다.

'얼마나 많이 만들었기에 경계병들마저 저것을 가지고 있는 거지?'

산을 오르며 헤아린 것만 30여 개가 넘었다. 이 넓은 산을 모두 커버할 정도라면 적어도 수백 개는 넘는 암기통이 있다는 소리였다. 그것도 최소한으로 잡았을 경우고, 루인 공작군이 보유한 것을 생각하면 정신이 아찔해지는 기분이었다.

'그런데 왜 지금까지는 이걸 사용하지 않은 거지?'

반란 초기에 이 무기를 사용했다면 지금쯤 나이츠 제국은 지상에서 사라지고 없어야 정상이었다. 수만 명의 병사가 저 암기통을 사용한다면 순식간에 수십만의 병사를 도륙할 수 있었을 것이니 말이었다.

'뭔가 내가 모르는 비밀이 있겠지. 그것을 알아보는 것도 재미있겠군.'

레오는 서서히 모습을 보이기 시작한 버려진 요새를 향해 움직였다. 나무와 나무 사이를 건너뛰는 그의 은밀한 움직임을 그 아무도 눈치채지 못하고 있었다.

Chapter 05
산이 무너지다

버려진 요새라는 말이 무색하게 루인 공작성의 북쪽에 있는 요새는 철옹성을 방불케 했다. 수많은 병사가 번을 서는 것도 모자라서 기사를 포함한 정찰대가 일정 간격으로 요새의 벽을 돌며 외부에서 들어갈 수 있는 모든 수단을 차단했다.

'중요한 뭔가가 있다는 소리겠지.'

레오는 정찰조가 도는 간격을 살폈다. 100미터 간격으로 계속해서 요새의 벽을 도는 터라 그 사이를 파고들지 않으면 적들이 눈치를 챌 수 있었다.

"인비지빌리티! 하이드!"

두 개의 마법을 사용했다. 하나는 마나를 이용해 빛을 굴절시켜 몸을 사라지게 하는 마법이었고 하나는 그림자 속으로 숨어들어 신형을 은폐시키는 마법이었다.

스스스슷!

레오의 감춰진 신형이 그림자 사이를 누비며 요새의 아래까지 치달았다. 은밀한 움직임을 뒷받침하는 보법의 신묘함까지 더해져 그는 발자국도 남기지 않고 도착할 수 있었다.

타탁! 쉬익!

20여 미터에 이르는 요새의 성벽을 그대로 뛰어오르는 레오는 성벽의 그림자에 숨어 정찰대가 지나가는 것을 기다렸다. 그리고 그들이 지나간 후 순식간에 이동하여 요새 안으로 들어갈 수 있었다.

"빨리빨리 실어라. 전장으로 보내야 하니 서둘러!"

노예들을 독려하는 노예감독관은 연신 채찍을 휘둘렀다. 그의 채찍에 맞지 않으려 노예들은 피골이 상접한 모습으로 열심히 팔다리를 놀려야 했다.

'저런 짐승만도 못한 놈들……'

레오는 노예라는 것을 좋아하지 않았다. 탈란이나 아드리아는 할아버지에 의해서 주종 관계가 되었지만 그들은 노예나 종이 아닌 가족이라고 할 수 있는 존재다.

그들 외에는 종이나 노예를 부리는 것을 극도로 싫어했다. 하기에 처참한 몰골로 죽지 못해서 살고 있는 노예들의 모습을 보니 은은한 분노가 끓어올랐다.

'꼭 구해주마……'

레오는 지금 해야 할 것은 이 안에서 만들고 있는 것이 무엇인지 알아내고 그것을 파기하는 것이었다. 의외로 그 임무는 쉽게 달성될 것으로 보였다.

'저 상자에 든 것이 무엇인지만 알면 되겠군. 한데… 독은 아닐 것 같군.'

독이 든 상자를 저렇게 마음대로 옮기지는 않을 것이었다. 혹시라도 독이 든 병이 깨어진다면 주위는 독으로 인해 떼로 몰살당할 것이니 말이다. 그렇다면 저 안에 든 것은 너무도 뻔했다. 바로 일반 병사들에게도 주어진 그 의문의 병기들일 것이다.

'일단 지켜보자.'

레오는 상자가 모두 실리는 것을 지켜보았다. 지난 번 싸움에서 빼앗은 원통형 병기의 크기를 생각하면 상자 하나에 열 개의 병기가 들어갈 것이다. 그런 상자가 200여 개였으니 무려 2천 명의 병사를 무장시킬 수 있는 양인 것이다.

'전에 사용하지 않았다는 것은 그것을 최근에서야 완성시켰다는 의미다. 그리고 황궁을 공격할 때 사용한 것은 그 실효성을 가장 경계가 삼엄한 곳에서 확인한 것이겠지.'

지금이라도 상자를 빼앗고 요새를 부숴 버리면 루인 공작가의 가장 강력한 무기가 될 것을 무효로 만들 수 있다는 의미가 되는 것이다. 레오는 상자를 어떻게 운반할지 모르지만 무조건 중간에서 가로채기로 마음먹었다.

"다 실었습니다요, 나리!"

노예 하나가 감독관에게 다 실었음을 알리자 뚱뚱한 감독관은 채찍을 거두며 말했다.

"모두 거처로 돌아가 있어라."

"네, 나리."

노예들이 모두 사라지자 감독관은 병사 하나를 시켜서 무언가를 지시했다. 한참을 기다리니 기사로 보이는 자들이 요새의 건물 안에서 우르르 몰려나왔다.

"다 됐는가?"

"예, 단장님. 총 2,000자루의 킬링파이어입니다."

"흠, 바로 옮겨도 되겠나?"

"그렇습니다. 그리고 여기 서명을 부탁드립니다."

감독관이 내민 것은 킬링파이어라고 명명된 병기를 내주었다는 인수증이었다. 기사는 그 서류에 자신의 서명을 하고 기사의 인장을 찍어주었다.

"이제부터는 단장님의 뜻대로 하십시오."

"알았네. 바로 운반하도록 하지."

대형 마법포탈이 없는 요새에서 전장으로 바로 보낼 수는 없었다. 혹시 모를 상황에 대비하기 위해 마법 탐지가 가능한 포탈을 만들어두지 않은 탓이었다.

"지금 본성으로 가실 겁니까?"

"그래야지. 그럼 수고하게."

"살펴 가십시오, 단장님!"

감독관의 인사를 받으며 루인 공작가의 제3기사단장인 제퍼는 휘하의 기사들에게 명령을 내렸다.

"바로 돌아간다. 십 분 뒤까지 모두 준비를 갖추도록!"

"충!"

기사들이 열 대의 마차를 호위하기 위해 각자의 전마를 가지러 간 사이 레오는 경계가 흐트러진 마차 안으로 숨어들었다.

"준비됐으면 가자!"

"기사단 호위대형으로!"

몇 마디의 외침이 끝나고 마차가 서서히 요새를 출발했다. 마차는 천막을 쳐놓은 탓에 안의 모습이 보이지 않았고 호흡하는 소리를 비롯한 기척을 모두 지워 버린 레오를 발견한 기사는 없었다.

스스슷!

벌레가 기어가는 듯한 소성과 함께 레오에 의해 잘라진 상자의 뚜껑 안으로 킬링파이어가 드러났다. 인간의 실력으로 만들어진 것이라고 하기에는 너무도 매끄럽게 유연하게 처리된 외장이었다.

'드워프라도 있는 건가?

레오는 지금까지 드워프라는 존재를 본 적이 없었다. 대륙에서 거의 자취를 감춘 것으로 알려진 종족이 드워프였으니 당연한 일이었다.

'그럴 수도 있겠군.'

레오는 상자에 든 킬링파이어 두 자루를 손에 들고 히죽 웃었다. 자신들이 만든 전쟁 병기로 죽는다면 그것도 참 재미있겠다는 생각을 하며 두 개의 킬링파이어를 더 등에 멘 후 마차의 지붕을 뚫고 바깥으로 나갔다. 이미 버려진 요새에서 한참을 내려온 탓에 경계 병력은 없는 지점이었다.

"누, 누구냐!"

갑작스럽게 마차의 지붕이 뚫리면서 한 사람이 튀어나오자 호위대형을 유지한 채 나아가던 기사들이 깜짝 놀라 외쳤다.

"누구긴! 이거나 먹어라!"

투투투투투투투투퉁!

레오는 총 네 개의 킬링파이어를 사용하여 기사들에게 쏘아댔다. 한 번의 격발이 이루어지면 도합 100여 개의 작은 비침이 쏟아져 나가며 무서운 관통력을 지닌 킬링파이어였다.

"컥!"

"크악!"

갑옷의 강도를 무시한 채 관통해 버리는 작은 비침들로 인해서 한 번에 서너 명씩 기사가 죽음을 맞이했다.

"마, 막아라!"

"죽엇!"

기사들이 말을 박차고 공중으로 솟아올랐다. 포이즌킹의 진전을 배운 자의 몸놀림이 아니라면 저런 움직임을 보일 수는 없었다.

'훗! 독을 조심해야 하는 건가?'

피릿! 피피피피핏!

킬링파이어를 사용하는 것이 아님에도 기사들의 손에서 무수한 암기가 쏟아져 나갔다. 던져지는 모든 암기에 마나가 실려 있어 갑옷을 뚫는 것은 그리 어렵지 않을 듯 보였다.

"차앗!"

"죽엇!"

암기가 날아드는 중에도 몇몇 기사는 검을 뽑아 들고 레오를 향해 짓쳐들었다. 킬링파이어를 사용하지 못하도록 하기 위함인데 레오는 그들을 비웃기라도 하듯이 천마군림보를 밟아 바람처럼 암기 사이를 빠져나갔다.

"돌아가라!"

레오의 손이 허공에서 둥글게 원을 그리자 날아들던 암기들이 그의 손짓을 따라 방향을 틀었다. 그리고 쏘아 보낸 원주인들에게로 더욱 빠른 속도로 암기들이 날아갔다.

"피햇!"

기사단장은 레오의 힘에 경악했다. 그 누구도 적들이 쏘아 보낸 암기를 공중에서 틀어 반대로 쏘아 보내지는 못했다. 그런데 레오는 그것을 아무런 힘을 들이지 않고 해낸 것이다.

'강적이다. 적어도 공작님에 준하는…….'

단장은 오늘의 운송길이 자신들의 목숨이 끝나는 날이라고 생각했다.

'죽더라도 킬링파이어는 파기해야 한다. 적의 손에 넘어가면… 끝이다!'

이를 앙다문 그는 품속에 보관하고 있던 둥근 철환을 꺼내 들었다. 그것은 킬링파이어를 만들면서 제작한 것으로 파이어밤이라고 이름 붙여진 물건이었다. 강력한 파괴력을 지닌 것으로 마차를 비롯한 방원 100미터 정도는 그대로 날려 보낼 수 있는 물건이었다.

"같이 죽더라도 지켜야 한다. 돌격!"

"추웅!"

기사들의 절반이 자신이 쏘아 보낸 암기에 의해서 죽음을 맞이했다. 남은 20여 명의 기사는 암기를 사용할 생각을 하지 못하고 검을 뽑아 들고 접근전으로 적의 발을 묶으려 했다. 모든 것은 단장이 파이어밤을 꺼내 들고 난 이후 벌어진 일이었다.

'어라! 이것들 좀 보게……'

레오는 적들의 움직임이 달라진 것에 눈에 이채가 실렸다. 실력이 안 되는 것을 알면서도 둥글게 원을 그리고 쇄도해 들어오는 것 자체가 넌센스였다.

'저것이 무엇이길래……'

레오는 기사단장이 들고 있는 검은 철환을 보고 불길함을 느꼈다. 처음 보는 것이었고 어떤 작용을 하는 것인지 알 수 없었지만 왠지 절대 사용하게 해서는 안 될 물건이라는 강한 직감에 저절로 몸이 반응을 보였다.

"소드라이너!"

레오는 짓쳐들어 오는 기사들의 공격을 무시한 채 그대로 검과 하나가 되어 단장에게 날아갔다. 극쾌의 검술이 허공중에 하나의 선을 그리고 막 철환을 던지려고 하던 단장의 이마에 마지막 하나의 점을 찍었다.

"큭!"

아찔한 충격에 이어 온몸의 근육들이 통제력을 잃고 허물어지는 것에 단장은 마지막으로 눈을 부릅떴다. 꺼져가는 시야 속에서도 철환을 던져 적과 함께 폭사하고자 하는 의지를 불살랐다.

쉬릿!

떨어져 내리기 직전 손에 들린 철환을 보며 레오는 안도의 한숨을 내쉬었다. 이 물건이 어떤 것인지 모르지만 본능이 시키는 대로 조심스럽게 품에 갈무리했다.

"이노옴!"

"단장님의 원수!"

기사들은 단장이 죽은 것을 보고 더욱 격분하여 레오에게 달려들었다. 어찌 보면 상당히 괴이한 검술을 사용하는 그들의 공격에 레오는 몸을 피해내며 또다시 킬링파이어의 격발장치를 당겼다.

투투투투투투투투투퉁!

미친 듯이 쏘아져 나가는 비침들이 허공을 가득 뒤덮고 레오는 덮쳐 오던 기사들은 그 화려한 비침들의 세례에 차례차례 무너져 내렸다.

"휘유, 역시 이건 세상에서 사라져야 할 무기다."

마지막 한 명의 적까지 모두 쓸어낸 레오는 고개를 살살 내

저으며 마차로 다가갔다. 그리고 그는 손가락에 끼워져 있는 데스나이트 소환링에 마나를 주입했다.

"데스나이트 소환!"

후우웅! 스스스스슷!

지면을 뚫고 나온 것처럼 데스나이트들이 나타나 레오의 앞에 시립했다. 그들은 정중한 모습으로 기사의 예를 취하며 외쳤다.

─마스터를 뵙니다.

"어서 와. 저것들 좀 가지고 가줘야겠어."

─어떤 것을⋯⋯. 저 상자를 말씀하시는 겁니까?

"그래. 저걸 가지고 아공간으로 갈 수 있겠지?"

─물론입니다. 보우마님께서 만드는 아공간은 거대한 저택 하나를 통째로 넣을 수 있을 정도로 큽니다. 그래서 저희도 그 안에서 수련을 할 수 있는 겁니다.

"좋아. 부탁하지."

─충! 명을 따르겠습니다.

데스나이트들은 100여 개의 커다란 상자를 들고 소환해제되어 사라졌다. 그들이 모든 상자를 가지고 간 덕분에 레오는 한결 홀가분하게 버려진 요새를 정리하러 움직일 수 있었다.

아직 마차가 탈취당한 사실이 알려지지 않아서인지 요새

의 경계는 전과 마찬가지였다. 레오는 은밀하게 움직이며 요새 안의 깊숙한 곳까지 잠입해 들어갈 수 있었다.

땅! 따땅! 따앙!

경쾌하고 힘찬 망치 소리가 울리는 공간은 요새의 본관 건물 지하 깊숙한 곳에 있었다.

"어서 움직여라! 한 대라도 더 만들어야 한다. 서둘러!"

거칠게 외치는 음성이 지하 공간을 뒤흔들었고 레오의 발길을 그곳으로 인도했다.

'이곳에서 만들어지는 것인가?'

레오는 입구를 통과해 안으로 들어갔다. 그러자 후끈한 열기가 느껴지고 안의 넓이가 상당하다는 것에 놀랐다.

'이런 곳을 만들었다니……. 대단하네.'

요새의 크기보다 훨씬 더 넓을 것 같은 느낌이 들 정도로 넓은 공간이었다. 그 안에서 일을 하는 자들은 하나같이 탄탄한 근육을 가진 장인이었고 가장 중앙에 위치한 몇몇은 인간이 아닌 다른 이종족으로 보였다.

'저들이 드워프라는 종족인가? 듣던 대로 무척이나 특이하게 생겼군.'

드워프라는 종족을 처음으로 보는 레오는 그들의 모습에 호기심을 드러냈다. 일단 지켜보는 것을 선택한 레오는 천장을 타고 은밀하게 드워프들이 일하는 공간 위로 이동했다.

"아시모프! 파이어밤을 더 만들라는 내 말이 우습게 들리나? 앙?"

마차에 킬링파이어를 싣게 했던 감독관이 드워프를 겁박하고 있었다. 그러나 검은 수염이 얼굴 전체를 뒤덮은 굵고 단단한 체구의 드워프는 팔짱을 낀 채 퉁명스럽게 대답했다.

"약속을 지키지 않은 것은 네놈들이야. 처음 만들어주면 우리를 풀어주겠다고 한 약속을 잊은 것은 아니겠지?"

"그거야 한 번만 더 만들어주면 풀어준다니까? 아니면 강제로 시켜야 직성이 풀리겠나!"

감독관은 푸들거리는 얼굴살을 흔들며 일갈을 터뜨렸다. 그러나 아시모프라고 불린 드워프는 단호한 표정으로 대답이 없었다.

"흥! 말을 듣지 않는다면 어쩔 수 없지. 끌고 와!"

"충!"

감독관 휘하의 병사들이 어디론가 사라졌다가 십여 명의 이종족을 끌고 왔다. 하나같이 어린 드워프로 아시모프의 표정이 변하는 것을 보면 그가 속한 일족의 구성원인 듯싶었다.

"이이, 벼락 맞을 놈들……."

"할아버지……."

아시모프는 당장에라도 들고 있는 망치를 들고 감독관과

그 부하들을 공격하고 싶었다. 그러나 어린 드워프들의 목에 겨눠져 있는 검과 둥글게 생긴 구속구가 울분을 억누르게 만들었다.

"흐흐! 이놈들을 잡아오느라 엄청 고생을 했지. 지난 십 년 넘게 고생한 것을 생각하면… 크크크크!"

감독관은 아시모프가 속한 드워프 일족이 숨어 있는 은신처를 지난 십 년간 공략하여 어린 드워프들을 잡아왔었다. 그 덕분에 절대 만들려 하지 않았던 킬링파이어와 파이어밤을 아시모프가 만들어야 했었다.

"만들지 않는다면 저놈들을 하나씩 죽이겠다. 우선 저놈부터!"

감독관이 가리킨 드워프는 아직 어린 소녀로 아시모프의 손녀였다. 애타게 할아버지를 찾는 드워프 소녀의 눈에는 눈물이 뚝뚝 흐리고 있었다.

"이익, 짐승만도 못한 새끼들……. 으으……."

킬링파이어도 세상에 나타나서는 안 될 물건이었다. 이 세상의 법칙에 어긋나는 물건을 만들어냈다는 자책으로 아시모프는 자신의 손을 해머로 찍어내고 싶었을 정도였다.

"결정해. 손녀가 죽는 모습을 보고 싶은가? 그것도 나쁘지 않겠지."

감독관의 살기 어린 음성에 아시모프를 결국 무릎을 꿇을 수밖에 없었다. 그가 항복을 선언하려고 할 때 귓가로 음성이 들려왔다.

[내가 도와주겠소. 저들을 제거할 것이니 물건을 만들겠다고 저들을 안심시키시오.]

귀가 아닌 머릿속을 울리며 들려온 목소리였다. 믿을 수 없는 치욕을 안겨주고 있는 인간의 음성이라는 점이 걸렸지만 그 낭랑하고 맑은 음성을 믿고 싶었다.

끄덕!

아시모프는 작게 고개를 끄덕인 후 감독관에게 말했다.

"만들어주마. 더 이상 내 손녀를 핍박하지 마라!"

일갈을 터뜨리듯이 분노의 음성을 토하는 아시모프의 모습에 감독관은 그러면 그렇지라는 반응을 보였다.

"도로 데려가도록!"

"충!"

병사들이 어린 드워프들을 도로 원래의 감옥으로 데려가려고 할 때 레오가 움직였다.

스스슷!

천장에서 모습을 드러낸 레오가 그대로 지면으로 떨어져 내렸다. 그는 손가락에 마나를 모아 튕기는 동작을 연속으로 펼쳤다. 그러자 그의 손가락에서 기류가 되어 뿜어져 나가는 마나는 작은 오러들을 생성해 내며 병사들의 머리통을 향해 쏘아졌다.

퍼퍼퍼퍼퍼퍼퍽!

투구를 꿰뚫고 들어가는 오러가 병사들의 몸을 관통하여 바닥에 깊은 구멍을 만들어냈다. 비명도 지르지 못하고 죽어가는 병사들의 몸이 허물어져 내렸다.

"어어······."

"엄마야!"

어린 드워프들은 자신들을 겁박하고 있던 병사들이 죽어나가자 깜짝 놀랐다. 하지만 그 누구도 두려워하는 모습은 보이지 않았다.

"쉿!"

레오가 조용하라는 신호를 보내자 아이들은 고개만 끄덕이며 초롱초롱한 눈빛으로 레오를 살폈다. 자신들을 구해주기 위해 병사들을 죽인 사람이니 뭔가 기대에 찬 눈빛이 되는 것은 당연했다.

'마법 구속구가 채워져 있군.'

강제로 떼어내려 하면 그 즉시 마법이 발동되고 목이 잘라도록 되어 있는 마법 구속구였다. 일정 거리 이상을 벗어나도 작동하게 되어 있을 것이었다.

'그 감독관 녀석이 대응 아티팩트를 가지고 있겠군.'

레오는 자신을 빤히 쳐다보고 있는 아이들에게 다가가 속

삭이듯이 말했다.

"할아버지들도 구해줄 것이다. 그러니 여기 숨어 있도록 해라."

"알았어요. 꼭 구해주세요."

어린 소녀의 말에 레오는 희미한 미소를 지으며 고개를 끄덕였다.

스스슷!

그림자가 되어 다시 사라지는 레오의 모습에 드워프 아이들의 눈은 흥분으로 가득 찼다.

"봤냐?"

"응. 정말 대단해. 어떻게 한 거지?"

"나도 몰라. 근데 꼭 배우고 싶어."

"나도 나도!"

순간적인 만남이었지만 드워프 아이들은 인간에게 가졌던 증오심을 털어버리고 기대감을 새롭게 가지게 되었다.

[아이들은 구했소. 이제 저놈들을 제거할 것이니 공격당하지 않도록 몸을 피하시오.]

끄덕!

아시모프는 아이들을 구했다는 말에 다시 한 번 고갯짓으로 동조의 뜻을 표시했다. 그런 그의 움직임에 레오는 감독관이 쥐고 있는 작은 금속판을 살펴보았다.

'저것이 마법 구속구를 제어하는 아티팩트겠군. 저것을 어떻게든 먼저 빼내야 한다.'

아이들을 구했을 때는 고작해야 열 명의 병사만 죽이면 그만이었다. 하지만 지금은 기사들까지 포함된 삼십여 명의 인원을 제거해야 하는 것이라 한층 더 조심스럽게 움직여야 했다.

휘익! 콰앙!

레오가 집어던진 쇳조각에 의해 용광로 쪽에서 폭음이 터져 나왔다. 마나가 잔뜩 실린 것이라 용광로에 구멍이 뚫리고 쇳물이 그곳을 통해 흘러내리기 시작했다.

"무, 무슨 일이냐! 어서 가서 확인해 봐!"

감독관은 용광로에 이상이 생긴 것에 허둥거리며 소리를 질렀다. 그러자 우왕좌왕하던 병사들이 우선적으로 달려가고 아시모프를 위시한 드워프 장인들이 있는 곳의 경계가 느슨해졌다.

피릿!

극도의 쾌검술이 레오에 의해서 펼쳐지고 그의 공격을 느낀 기사들이 반응을 보였을 때는 이미 뚱뚱한 감독관의 목이 잘라진 후였다.

"받으시오!"

레오는 가지고 있던 킬링파이어를 드워프들에게 던졌다. 그리고 얼른 감독관의 손에 있던 마법판을 집어 들어 챙겼다.

"고맙소! 죽어라, 원수놈들!"

"죽엇!"

투투투투투투퉁!

분노가 실린 드워프들의 음성과 함께 그들의 손에 들린 파이어킬링이 불을 뿜었다. 수를 헤아릴 수 없는 비침들이 허공을 가르며 나아갔고 병사들은 앗 소리도 내보지 못하고 한줌 혈수가 되어 녹아내렸다.

"포, 폭동이다! 막아라!"

"저기다! 공격하라!"

기사와 병사들은 중앙 부분에 위치한 드워프 구역에서 폭동이 일어났다고 소리치며 사방에서 모여들었다. 수백 명이 넘는 그들의 움직임에 레오는 주변의 장인들도 구해내며 외쳤다.

"살고 싶으면 저들과 함께 움직이시오. 그럼 반드시 구해줄 것이니."

"아, 알겠습니다."

장인들의 발목에 채워져 있던 족쇄가 레오의 검에 의해서 잘려 나가자 그들은 드워프들과 합류하며 킬링파이어를 손에 들었다. 장인인 그들이지만 킬링파이어를 든 순간 이미 한 사람의 전사로 돌변해 있었다.

투투투투퉁! 투타타타타탕!

양측이 서로를 향해 킬링파이어를 쏘며 교전에 들어갔다. 그러나 그들 사이를 누비며 살검을 휘두르는 레오로 인해서 점점 그 기세가 드워프들의 승리로 귀결되어 갔다.

"고맙다. 내 인간에게 고맙다는 말을 하게 될 줄은 몰랐네."

아시모프는 내부의 싸움에서 승리하자 얼른 두꺼운 강철문을 봉쇄해 버렸다. 아마도 외부에서 뚫고 들어오려면 제법 오랜 시간이 걸릴 것이었다.

"별말씀을 다하는군요. 난 이들의 적이고 반드시 처리해야 했던 일이었을 뿐입니다."

레오의 담담한 말에 아시모프는 보통의 인간들과 다른 기운을 레오에게서 느꼈다. 강인하고 따뜻한 그 느낌에 오랜만에 마음에 드는 인간을 만났다는 것을 깨달았다.

"그래, 자네를 보니 뭔가 다른 인간과는 다른 거 같네. 뭐를 하는 인간인가?"

"후후! 프로렌스 왕국의 왕자이자 루퍼트 제국의 대공인 레오파드 폰 프로렌스입니다."

"저, 정말인가?"

아시모프는 깜짝 놀랐다. 자신을 가둔 놈들도 루인 공작이라고 하는 나이츠 제국의 수하들에 불과했다. 그런데 다른 왕국의 왕자이자 제국의 대공의 신분을 지닌 레오가 단독으로 자신들을 구한 것이 믿겨지지 않은 것이다.

"아, 그 소문의 대공 전하시군요. 만나 뵙게 되어 무한한 영광입니다. 대공 전하!"

인간 장인들 중 하나가 무릎을 꿇고 경건한 예를 갖췄다. 자신들을 가두고 일을 시킨 이들이 평소에 주고받던 대화 속의 주인공을 보게 됐고 그의 구함을 받았으니 진심으로 감복해 예의를 갖춘 것이었다.

"그만 일어나시오. 오랜 시간 동안 고생한 그대들의 인사를 받는 것이 부담스럽구려."

레오의 따뜻한 말에 장인들은 더욱 감격하여 고개를 숙였다.

"할아버지, 대공이 높은 거야? 저 인간들이 왜 저러는 건지 모르겠어."

아시모프는 일족의 일원이자 눈에 넣어도 아프지 않을 손녀의 질문에 껄껄 웃었다.

"껄껄껄! 대공은 아주 높은 신분이란다. 우리 드워프로 치면 대장로 정도로 보면 맞을 게다."

"와아! 그럼 정말 대단한 인간인가 보네. 우움… 털이 없고 좀 비리비리해 보이기는 해도 뭐, 좋았어. 할아버지, 나 저 인간한테 시집갈래. 괜찮지?"

"뭐? 이, 이런……."

아시모프는 어린 손녀가 레오에게 시집가겠다는 말을 하자 기함을 터뜨렸다. 철이 없는 아이의 말이기에 농담으로 생각하면 그만이겠지만 인간에 대한 분노가 쌓여 있었기에 자신도 모르게 나온 반응이었다.

"아, 이런……. 미안하네. 나도 모르게 그만."

"후후! 아닙니다. 충분히 이해합니다."

"아참! 이러고 있을 때가 아닌데 말이야. 입구를 막아놓았지만 언제까지 이러고 있을 수는 없는 거 아닌가?"

"빠져나가야겠죠."

"그래서 말인데 자네가 우리를 도와줄 수 있겠나?"

"도와달라고 하는 부분이 정확히 어떤 부분입니까?"

"우리 일족의 땅으로 돌아갈 수 있게 도와주게."

아시모프의 말을 들은 레오는 참 광범위한 도움이라는 생각에 미간을 모았다. 지금 상황이 드워프들을 고향까지 데려다줄 상황이 아닌 탓이었다.

'흠, 도와줬으면 끝까지 도움을 줘야겠지. 그게 인간의 바른 도리라고 했으니.'

레오는 책에서 터득한 인간의 바른 도리를 떠올렸다. 비록 많은 경험을 한 것은 아니지만 그 도리를 제대로 하지 않고 사는 인간들이 너무 많은 것이 아쉬웠던 터였다.

"알겠습니다. 제가 직접 하지는 못하더라도 탈란을 시켜서 도움을 드리겠습니다."

탈란이라면 이들이 고향까지 가는 것에 그리 오랜 시간이 걸리지는 않을 것이었다. 명색이 대마도사급의 뱀파이어가 아니던가.

"고맙네. 정말 고마워."

고향으로 돌아간 것도 아니지만 도움을 주겠다고 말하는 레오의 손을 잡고 아시모프는 정말로 고마워하고 있었다.

"일단 여기를 빠져나가는 것부터 시작하죠. 그리고 파괴해야 하니까 그 준비도 같이해야 합니다."

레오는 여분으로 가지고 다니는 마력탄을 꺼냈다. 그 때 그가 가진 소지품 중에 아시모프의 눈길을 잡아끄는 것이 있었다.

"잠깐! 그걸 자네가 어떻게 가지고 있는 건가?"

"아! 이거 말이로군요. 여러분을 구하기 전에 저 킬링파이어를 운반하던 기사들을 털었습니다. 그 중에 하나가 가지고 있더군요. 근데 이게 뭐하는 겁니까?"

레오가 묻자 아시모프는 고개를 가로저으며 말했다.

"그건 세상에 나타나서는 안 될 물건일세. 땅에 떨어지면 폭발하는데 방원 100미터 정도는 그대로 날아가 버리는 물건이거든. 그래서 파이어밤이라고 이름 붙였을 정도네."

"100미터……. 하! 대단한 물건이네요."

"그렇지. 7클래스의 마도사 정도는 되어야 사용할 수 있는 마법을 가능하게 해주는 물건이니 말일세."

레오는 왜 이 물건을 보고 본능적으로 위험하다고 느꼈는지 확실하게 알 것 같았다. 이 파이어밤이 터지면 아무리 자신이라고 해도 무사하지는 못할 것이었다. 물론 오러실드를 두르고 마법으로 방어하면 죽지는 않겠지만 막대한 타격을 받을 것은 자명했다.

"그럼 이걸로 이 안을 화끈하게 폭파시키는 걸로 하죠. 후후후!"

"그래도 되겠나? 아, 우리도 준비할 것이 좀 있네."

아시모프는 자신들이 일하던 곳으로 돌아가 검은 가루가 잔뜩 들어 있는 보관함을 잔뜩 들고 왔다. 그 가루가 파이어밤을 이루는 물질이라는 것을 깨달은 레오는 은근한 걱정으로 입술을 지그시 깨물었다.

"파이어밤이 얼마나 만들어진 겁니까?"

"총 스무 개가 만들어졌네. 아마도 킬링파이어와 함께 루인 공작이라는 놈에게 전해졌을 것이네."

"음, 일단 여기부터 빠져나가도록 하죠."

"그러세나."

"노움 소환!"

후웅! 스스슷!

땅의 정령인 노움이 소환되자 레오는 자신의 생각을 의념으로 전달했다.

―나를 도와주겠니?

고개를 끄덕이는 노움에게 빙긋 미소를 보인 이안이 손짓하자 땅의 정령은 주인의 의지대로 움직였다.

"가죠."

"그, 그러세."

건파우더를 잔뜩 쌓아놓고 레오를 따라 움직이는 드워프들과 장인들은 정령에 의해서 지면이 내려앉는 것을 보고 깜짝 놀랐다. 그리고 그 정령을 부리는 인간이 레오라는 것에 한층 더 그에 대한 믿음을 키웠다.

"부서져라!"

레오는 노움의 도움으로 땅굴을 파서 빠져나가며 지하 작업장에 파이어밤을 집어 던졌다. 정확하게 건파우더 위로 떨어져 내린 파이어밤은 곧 거대한 폭음과 함께 강한 폭발력으로 사방을 휩쓸어갔다.

Chapter **06**
암살자 레오

　강력한 폭음과 함께 루인 공작의 요새는 지하부터 붕괴되어 무너져 내렸다. 덕분에 입구를 포위한 채 뚫으려고 했던 수많은 경비병들이 그 폭발에 휩쓸려 떼죽음을 당했다.

　"내가 선두에 섭니다. 절대 뒤쳐져서는 안 됩니다. 아시겠습니까?"

　"알겠네. 킬링파이어를 가지고 있으니 우리도 도움이 될 것일세."

　레오를 선두로 하여 땅굴을 빠져나온 일행들은 급히 북쪽으로 방향을 잡고 움직였다.

피피핑!

레오는 탄지공을 날리며 숨어 있는 보초들을 제거해 나갔
다. 그들은 폭음과 함께 요새가 붕괴되는 것을 보고 일제히
몰려 나왔다.

"저기 탈주하는 놈들을 잡아라!"

"절대 놓쳐서는 안 된다!"

산을 에워싸듯이 포위하던 이들이 한꺼번에 몰려나오자
그 숫자는 상상 이상으로 많았다. 특히 그들이 들고 있는 킬
링파이어가 가장 큰 문제로 다가왔다.

"킬링파이어의 사정거리가 어느 정도나 됩니까?"

"그리 길지는 않네. 100미터 정도 떨어지면 갑옷을 뚫지
못하고 사람에게나 박힐 정도라네."

"음, 그 정도면 다행이군요."

킬링파이어의 위력에 상당한 걱정을 하고 있던 레오는 그
암기통의 위력이 센 대신 사정거리가 상당히 짧다는 것에 안
도했다.

일단 궁병들의 사정거리가 훨씬 기니 킬링파이어를 실전
에서 사용할 수 있는 것은 방어를 하거나 단병접전에서 기사
급의 전력이 사용하는 것이었다.

"위험!"

피피핑!

숲에 숨어 있던 또 한 무리의 보초가 킬링파이어로 공격하려는 것을 발견하고 재빨리 오러를 날려 이마를 뚫어버렸다.

"호오, 정말 대단한 능력일세. 그런 것은 처음 보는데 무슨 기술인 것인가?"

짧은 다리를 부지런히 놀려서 레오를 따라가는 아시모프는 지풍을 날리는 것을 보고 놀라워했다. 오러를 쏘아 보내는 것은 마스터 상급에 이른 자만이 할 수 있는 능력임을 알지만 그것은 검을 이용해서 검환을 날리는 것이었다. 이렇게 손가락에서 쏘아지는 오러는 처음으로 보는 것이라 놀라워하는 거였다.

"티엔마르의 전설을 이었습니다. 그가 남긴 무예서에 남아 있는 기술이죠."

"아, 티엔마르…… . 고대의 전설이었군. 그렇다면 우리가 만들었던 그것들도 혹시 전설이 남긴 것이었나?"

"맞습니다. 포이즌킹의 진전에 들어 있는 내용일 겁니다."

"역시 그랬군."

이계에서 넘어온 존재들이기에 그들이 남기고 자신들이 만들었던 그 엄청난 힘들이 이제야 이해되는 아시모프였다.

"전설을 이은 존재들이면 같은 편이어야 하는 거 아니었나?"

"아니요. 제 할아버지들께서는 그 힘은 이 땅에 존재해서는 안 될 힘이라고 판단하셨습니다. 그 유지를 이었으니 모두 회수하는 것은 제 몫이겠죠."

레오가 하는 말에 아시모프는 그의 생각이 옳다고 생각했다. 그 힘들은 이 땅에 도움이 되는 것이 아닌 멸망으로 이끌 수 있는 힘이라 여긴 것이다.

"언제라도 우리 일족의 도움이 필요하다면 말하게. 그런 일이라면 우리 드워프들도 한 팔 거들도록 하겠네."

"후후! 말씀만이라도 감사합니다."

레오의 인사에 아시모프는 흡족한 미소를 지은 채 열심히 그 뒤를 따라 뛰었다.

"작은 주인님, 이쪽으로 오십시오!"

요새가 폭발한 것을 보고 탈란은 공중에서 레오의 존재를 추적했다. 그러다 일단의 무리들을 이끌고 열심히 탈출하고 있는 것을 보고 앞서 나아가서 한 곳에 마법진을 만들었다.

"저곳으로!"

레오가 제일 먼저 달려 들어가고 그 뒤를 일행들이 모두 통과하자 탈란은 마법진을 활성화시켰다.

"마나여 움직여라! 자연의 힘을 왜곡하여 우리를 적으로부터 숨겨주어라! 마법진 활성화!"

후우우우우웅!

마나가 움직이고 곧바로 깨어난 마법진이 일행들을 완벽

하게 가려주었다. 멀리서 쫓아오던 추적자들은 갑자기 사라져 버린 레오 일행을 찾아 사방을 두리번거리며 찾았지만 별 소용이 없는 행동에 불과했다.

"찾아라! 멀리 가지 못했을 것이다."

"이것들이 도대체 어디로 간 거지?"

웅성거리는 추적자들의 목소리를 들으며 숨어든 레오와 그 일행들은 소리를 죽여가며 웃고 또 웃었다. 이제 위험은 사라졌고 자신들이 가야 할 곳으로 갈 수 있다는 것에 오랜만에 활짝 웃을 수 있는 시간이었다.

"흠, 이걸 어떻게 사용하면 좋을까?"

레오는 헤어지기 직전 아시모프로부터 열 개의 파이어밤을 받을 수 있었다. 그는 감독관의 눈을 피해 몰래 파이어밤을 만들었는데 만약의 사태에 지하 공장과 함께 폭사할 생각으로 만들어둔 거라 이야기했었다.

"대공 전하! 들어가도 되겠습니까?"

레오는 누군가 찾아온 것에 얼른 파이어밤을 감췄다. 나이츠 제국의 사람들에게 알려져서 결코 좋을 일은 없는 물건이기 때문이었다.

"들어오시오."

군막의 문이 열리고 안으로 들어온 것은 나이츠 제국의 진압군 사령관을 맡고 있는 페르시에 공작으로 마스터 상급에 이른 실력자였다.

레오와 싸운다면 필패이겠지만 다른 전설의 주인들과는 거의 비등한 대결을 펼칠 수 있는 몇 안 되는 검호였다.

"제가 너무 늦은 시간에 방문한 것은 아닌지 모르겠습니다."

겉으로 보기에는 사십대 정도로 보이는 중후한 인상의 페르시에 공작이 담담한 모습으로 말했다.

그는 몇 번이나 루인 공작과 격돌을 했고 그때마다 루인 공작이 사용하는 독에 목숨을 잃을 위기를 여러 차례 넘긴 상태였다. 그래서인지 전설의 주인들에 대한 약간의 두려움을 가지고 있었다.

"아닙니다. 페르시에 공작께서 오셨는데 시간은 문제가 아니지요."

레오는 나이가 몇 배는 차이가 나는 페르시에 공작이기에 말을 높이며 대했다. 그게 아니더라도 마스터 상급에 이를 정도로 검을 수련한 선배에 대한 예우이기도 했다.

"앉으십시오."

"고맙습니다."

페르시에 공작은 도움을 주기 위해 온 레오에게 극진한 예우를 다했다. 루인 공작을 맞상대할 사람이 자신뿐이었지만

이기지를 못했기에 그를 제압해 줄 레오의 존재는 그에게 그 무엇보다 중요한 전력이었다.

"내일 대회전을 어떻게 하는 것이 좋을지 의견을 구하고자 찾아왔습니다."

방문 목적을 털어놓는 페르시에 공작에게 레오는 무슨 말을 해야 할지 고민했다. 적들이 가지고 있는 킬링파이어의 존재는 이들에게도 알려졌을 테지만 파이어밤은 문제가 될 것이었다.

8클래스의 마법인 헬파이어에는 미치지 못할지라도 7클래스의 파이어레인이나 파이어브레스 정도의 마법과 비견되는 위력을 지닌 물건이 적에게 있다는 것은 심각한 위협일 것이었다.

특히 독을 사용하는 저들이 그보다 더한 무기를 지닌 것이 알려진다면 대단한 혼란에 빠질 것이 분명했다.

'하지만 알려줘야겠지. 파이어밤에 관한 것을……'

레오는 무의식적으로 숨기기는 했지만 파이어밤에 대해서 알려야 하기에 다시 숨겨둔 것을 꺼내 들었다.

"이게 무엇인지 아십니까?"

"글쎄요. 저로서는 처음 보는 물건입니다만."

"루인 공작 측에서 만든 파이어밤이라는 물건입니다. 지난 며칠 동안 그의 영지에 잠입하여 빼앗은 것이지요."

"네? 그게 정말이십니까? 하면 그의 영지에서 무슨 일을 벌이셨는지 들을 수 있겠습니까?"

"어려울 것 없습니다. 그러니까……. …해서 마지막에 이 파이어밤을 이용해서 그 지하공장을 파괴했습니다. 탈출한 뒤에 보니 그 버려진 요새로 알려진 곳이 무너지며 산이 붕괴되더군요."

"아……. 그, 그런 일이 있었군요."

페르시에 공작은 레오가 벌린 일의 전모를 전해 듣고 입을 헤벌리고 있었다. 그러다 마지막 말이 끝나자 당혹스런 표정으로 말까지 더듬거렸다.

"그 위력이 그 정도로 대단한 것입니까?"

"방원 100미터 정도를 그대로 날려 버리는 물건입니다. 만약 대회전에서 병사들이 진군할 때 터진다고 생각해 보십시오."

"이런……."

"적어도 몇 만의 병사는 그대로 폭사하게 될 겁니다."

레오의 말에 과장이 섞여 있기를 바라는 마음이 굴뚝같았다. 하지만 산이 붕괴될 정도의 파괴력을 지닌 물건이라면 절대 거짓이 아닐 거라는 생각에 가슴이 두근거렸다.

"마법사들을 동원해서 막는다면 어떻겠습니까?"

"마법사라……. 분명 도움이 되기는 하겠지요. 그러나 마법사들이 대단위 방어 마법을 펼치기 위해서는 파이어밤이 터지는 곳까지 접근해야 합니다."

"물론 그렇기는 합니다만."

"킬링파이어를 빼놓으시면 자칫 마법 전력을 모두 잃을 수도 있습니다."

"아, 이런……."

마법사들이 대규모 방어 마법을 펼치려 할 때가 가장 큰 취약점을 보일 때였다. 적들이 그 순간을 노리고 킬링파이어를 집중시키면 자칫 마법사들의 떼 몰살을 야기할 수 있었다.

"방책이 없겠습니까?"

"방법은 오직 하납니다."

"그 방법이……."

"제가 가지고 온 마력탄과 이 파이어밤으로 맞상대하는 겁니다. 적들이 투척하기 직전 먼저 투척하여 그들이 가진 파이어밤까지 함께 터뜨리는 거죠."

"그, 그런 방법이 있습니까?. 허허, 허허허!"

페르시에 공작은 레오가 가지고 왔다는 마력탄에 대해서 들은 바 있었다.

방원 50미터를 날리는 마력의 폭풍을 일으키는 마력탄에 화염의 기운을 심었다는 위력적인 무기였다. 그것에 몇 배에 해당하는 위력을 지닌 파이어밤을 그걸로 상대해야 한다고 하니 가능할까 하는 생각이 들었다.

"분명 적은 이것을 가지고 대회전의 초전에서 사용하려 할 겁니다. 그런 적의 심리를 이용하여 미리 준비를 하면 됩니다."

"준비라 하심은… 어떤 준비를 해야 하겠습니까?"

레오는 마력탄의 응용방법은 파이어밤에 비해서 상당히 다양하다는 점에 주목했다.

마법진을 이용한다면 원하는 때에 원하는 위치에서 폭발하게 만들 수 있다는 점이었다. 물론 파이어밤도 같은 방식으로 사용할 수 있겠지만 마법과는 동떨어진 물건이라는 점이 달랐다.

"미리 전장으로 쓰일 지점에 묻어두면 됩니다. 그리고 적들이 진군하여 위치를 잡았을 때 터뜨린다면 어떻겠습니까?"

"그럴 수만 있다면 최상의 효과를 볼 수 있을 겁니다. 그거 정말 좋은 생각이십니다. 허허허!"

페르시에 공작은 레오가 말한 방법대로 사용한다면 적이 한꺼번에 뭉쳐 있을 때 터뜨릴 수 있다는 생각에 흥분을 감추지 못했다.

"후후! 밤이 늦은 시간에 제가 알아서 설치하도록 하죠. 공작께서는 전장으로 쓰일 곳에 대한 정보를 저에게 알려주시면 됩니다."

"하하! 그 정도는 어렵지 않습니다."

말을 마친 공작은 품에 넣어 가지고 온 지도를 꺼내 레오의 앞에 펼쳤다. 양군이 대치하는 형국인 군사 배치까지 표기된 지도에는 X 자로 표시된 지점이 몇 군데 있었다.

"이곳과 이곳 그리고 이곳에서 싸우게 될 겁니다. 우선 우리 주력군이 싸울 지점은 여기 바인 평원입니다."

가운데 표시된 지점이 바로 바인 평원으로 주위에 그 흔한 언덕도 없는 곳이었다. 원래 드넓은 밀밭이 펼쳐진 곳이었는데 전장으로 선택된 탓에 지금은 폐허라고 봐야 할 정도로 망가진 땅이었다.

"자세한 설명을 부탁드립니다."

"네, 우선 이곳을 보십시오. 우리 1군단이 배치된 곳으로 루인 공작의 본대와 맞서고 있습니다. 여기 이 부분에서 충돌을 할 것으로 보이는데 아마 루인 공작은 바람이 북동에서 남서 방향으로 부는 아침 무렵에 전투를 시작할 공산이 큽니다."

독을 사용하려면 그 때가 가장 적기였다. 낮으로 접어들면 바람의 방향이 바뀌었고, 오히려 루인 공작군이 독연을 뒤집어쓰게 되니 싸우지 않으려 했다.

"아군의 작전은 보병들의 대규모 회전 때 동북방으로 기마 전력을 집중하여 적의 허리를 자르고 남쪽에서 3군단이 적을 밀어붙이는 작전을 구사할 겁니다."

레오는 그의 작전을 들으면서 마력탄을 묻어놓을 곳을 정할 수 있었다. 자신이 루인 공작이라면 기병들의 접전이 벌어질 때 킬링파이어를 사용할 거라고 생각했다. 기마 전력에서 압도적인 승리를 만들어낼 수 있다면 그 승리를 발판삼아 보병전도 승리로 이끌 수 있었다.

둥! 둥! 둥! 둥!

대회전의 서막이 올랐다. 양측 진영에서 쏟아져 나온 병사들이 오와 열을 맞춰서 대평원의 양편에 늘어서자 무서운 긴장감이 대평원을 휘감았다.

"들어라! 반역의 무리들이여!"

진압군의 총사령관이자 나이츠 제국의 공작인 페르시에 공작이 검을 뽑아 들고 제일 앞으로 나서며 말했다. 그의 음성은 평원을 뒤흔들 정도로 우렁우렁했고 양측에 도열해 있는 모든 병사들이 다 들을 수 있도록 퍼져 나갔다.

"너희의 탐욕으로 인해 벌어진 이 싸움은 제국을 나락으로 떨어뜨리고 있다. 하여 나 진압군의 총사령관이자 대나이츠 제국의 검이 나 페르시에 공작의 이름으로 다시 한 번 권하노라!"

페르시에 공작의 부리부리한 눈에서 강렬한 안광이 터져

나왔다. 그 압도적인 분노어린 시선이 적병들에게 보일 리 없지만 그가 풍기는 기세만은 적진을 동요하게 만들었다.

"항복하라! 너희 반역의 도당은 이 위대한 나라를 망치는 원흉임을 명심하고 황제 폐하의 따스한 품으로 돌아오기를 바라노라!"

페르시에 후작이 외치자 반대 진영에서 금빛 갑주를 걸치고 휘황찬란한 마갑을 걸친 백마를 탄 귀족이 나왔다.

"닥쳐라! 이미 황제는 그 권위를 잃었고 너희 귀족들의 농간에 이 나라의 백성들이 삶의 의욕을 잃은 지 오래다. 나 에머리 폰 루인 공작은 그런 백성들의 원성 어린 음성에 호응하여 군을 일으켰다. 너희 탐욕스런 귀족들을 쓸어내고 이 나라에 진정 위대하고 평화가 넘치는 나라를 만들 것이다. 들어라! 병사들이여! 우리는 새로운 세상을 열고자 하는 의군임을 명심할지어다!"

두 우두머리가 외치는 소리에 두 진영의 병사들은 입술을 지그시 깨물 뿐 별다른 반응을 보이지 않았다. 어차피 이놈이나 저놈이나 권력에 눈이 먼 무리들이었고 그들의 농간에 죽어나가는 것은 가장 하층민은 일반 백성들일 뿐이었다.

"오만무도한 무리들에게 신의 징벌이 무엇인지 보여주자! 1군단 공격하라!"

"패악한 귀족들을 쓸어내어야 한다. 무엇하느냐! 공격하라!"

두 사람의 공격 명령이 떨어지자 제일 선두에 서 있던 병력들이 오와 열을 맞추며 앞으로 나아갔다. 방패병이 선두에 서고 그 뒤를 창병이 서며 죽음을 각오한 대회전이 시작된 것이었다.

착! 착! 착! 착! 착!

발을 맞추어 진군하는 양측의 움직임은 대평원의 가운데서 격돌하려 했다.

"표트르 백작!"

"하명하십시오."

"기병대를 이끌고 작전대로 적진을 돌파하라!"

"충! 명을 받듭니다."

페르시에 공작의 지휘에 따라 표트르 백작이 이끄는 일단의 기마들이 움직이며 크게 휘돌아 동북방에서 적군의 허리를 끊기 위해서 움직였다.

"크큭! 뻔히 보이는 수작을 부리는군. 보가드 백작도 시작하시오."

"출정하겠습니다, 공작 전하!"

충직해 보이는 노기사가 루인 공작의 명을 받고 표트르 백작의 기병을 요격하기 위해서 출발했다. 그들의 선두에는 레오의 예측대로 일단의 킬링파이어를 들고 있는 루인 공작의 직속기사들이 배치되어 있었다.

"흐흐! 기병전을 시작으로 우리의 압도적인 승리를 후세는 기억하게 될 것이다. 전군 돌격 대형으로!"

"추웅!"

두두두두두두두두!

지축을 뒤흔드는 기병들의 돌진은 부딪치기 직전의 상황인 보병들에게도 알려졌다. 모두의 신경이 그들에게 잠깐 쏠리는 그 순간 레오가 보병들의 머리 위를 뛰어넘어 적들을 향해 쇄도해 들어갔다. 적들 중에 몇몇의 기사가 달려 나오며 뭔가를 던지려고 하는 것을 본 이후에 벌인 행동이었다.

"너희의 그 수작을 탓하라! 터져라!"

후웅! 쿠쿵! 쿠콰콰콰콰콰쾅!

기사들은 파이어밤을 집어 던지려고 하다가 갑자기 등장한 레오가 뭔가를 누르는 것을 보았다. 그리고 발밑에서 시작된 강렬한 진동과 폭음, 그리고 세상이 온통 붉게 보일 정도로 강력한 화염이 자신들을 덮치는 것을 보아야 했다.

"크아악!"

"사, 살려줘!"

비명을 지르는 병사들은 이미 수만 명에 이르는 동료가 시체도 찾을 수 없을 정도로 변해 버린 상황에 심장이 터져 나갈 것만 같았다. 헬파이어가 떨어져도 이 정도는 아닐 거라는 생각만이 그들을 휘감았다.

"적들은 이미 붕괴되었다. 모두 돌격하라!"

"우와아아아아!"

"적들을 물리쳐라!"

병사 중에서는 어마어마한 광경을 목도하고 놀라 주저앉은 이들도 있었다. 그러나 그 땅을 붕괴시킬 것만 같았던 폭발이 적들에게 떨어진 재앙이라는 것에 용기를 내어 앞으로 내달리기 시작했다.

이미 사기가 오를 대로 오른 진압군의 병사들은 대오는 신경도 쓰지 않은 채 그대로 살아남은 적들을 향해서 치고 들어갔다.

"으으… 이게 어찌된 영문이란 말인가……."

루인 공작은 한 번의 폭발로 5만 정도의 병력이 그야말로 증발하듯이 사라진 상황에 망연자실했다. 총병력이 20만에 달하지만 그 1/4이 날아갔다는 것은 엄청난 손실이었다. 특히 그로 인해서 떨어진 사기는 어떻게 끌어올릴지 엄두가 나지 않았다.

"공작 전하, 비밀 공장이 파괴되었다는 보고가 있었는데 저놈들이 파이어밤을 빼돌린 모양입니다. 크윽……."

분노로 가슴을 쥐어뜯는 귀족 하나가 하는 말에 루인 공작은 입술을 질경질경 깨물었다. 이제 믿을 것은 오직 킬링파이어를 앞세운 기마 전력이 승리하는 것이었다.

'그래도 안 된다면… 모조리 죽이는 한이 있더라도 앱솔루트 포이즌을 쓰는 수밖에……'

해독이 불가능하여 앱솔루트 포이즌이라 명명한 독은 수백 가지의 독을 혼합하여 만들어낸 것으로 포이즌킹은 그걸로 티엔마르도 죽일 수 있다고 적어놓았었다. 물론 절대독인의 반열에 오른 자신이라면 살아남을 수 있겠지만 아군의 상당수도 피해를 볼 수밖에 없는 파멸지독이었다.

"지금 기병들이 맞붙으려 합니다."

지휘소는 가장 높은 곳에 설치하여 평원의 여러 곳을 살필 수 있었다. 귀족 중 하나가 외치자 모두의 이목이 그곳으로 쏠렸다. 어차피 보병의 전투는 시작되었고 사기가 떨어진 아군이 밀리는 형국이기에 기병의 싸움에서 역전을 기대하는 눈빛들이었다.

"어, 어떻게 저런 일이……."

"으으, 이 무슨 날벼락이라는 말인가!"

귀족들의 얼굴에 낭패의 빛이 어렸다. 믿었던 기마 전력, 그중에서도 킬링파이어를 들고 있는 기사들의 분전을 기대했건만 보이는 것은 파죽지세로 죽어나가는 아군의 기병들이었다. 진압군의 기사들이 들고 있는 것은 지난 밤 탈란의 도움을 받아 회수 마법이 걸린 킬링파이어였다.

"저, 전하! 결단을 내리셔야 할 것 같습니다. 결단을!"

"마, 맞습니다. 전세를 뒤집으려면 그 방법밖에 없습니다. 결단을 내리소서!"

귀족들은 루인 공작이 가지고 있는 마지막 수단을 동원하기를 청원했다. 그들의 말에 루인 공작은 더 이상의 사태가 악화되는 것을 막기 위해서라도 앱솔루트 포이즌을 살포하기로 결정 내렸다.

"사용을 허가한다. 포이즌나이트들을 출전시키도록!"

"추웅!"

귀족들은 이제야 최정예 포이즌나이트들이 적들을 도륙할 것이라 믿으며 빠르게 명령을 하달했다. 그 명령이 떨어지고 200명으로 이루어진 포이즌나이트가 녹색으로 물든 갑옷을 입은 채 말을 몰아 나아갔다.

'드디어 오는가!'

레오는 한 번에 너무 많은 인명을 살상한 후유증을 겪고 있었다. 아무리 정신력이 강하고 자신이 아니면 할 수 없는 일이었다고 할지라도 그 정도의 사람을 죽이면 누구라도 걸리게 될 후유증이었다.

'큭, 어차피 비급을 회수하지 못하면 또 이런 일이 벌어지게 될 것이다……. 그러니 지금 독하게 마음먹는 것이 낫

겠지.'

레오는 고개를 강하게 좌우로 흔들며 무너지려 하는 마음을 다잡았다. 그리고 곧장 플랑베르주를 소환하여 들고 자기 최면을 걸었다.

"오냐! 내 너희를 기다린 지 오래다!"

레오의 광량한 마나가 대평원을 뒤흔들고 그의 출전에 모두의 이목이 그에게로 쏠렸다.

두두두두두! 기마를 타고 질주하는 포이즌나이트들은 손에 하나씩 병을 들고 있었다. 녹피갑을 착용하고 있는 그들의 모습은 정상적인 인간의 모습이라고 보기에는 무리가 많았다.

'독에 일부러 중독되어 수련을 쌓는 독인이라더니……'

독으로 마스터의 반열에 오른 루인 공작은 정상적인 모습을 유지하고 있었지만 저들은 아니었다. 꼭 녹색의 트롤을 보는 것 같은 괴이함을 보여주는 그들의 돌격에 레오는 플랑베르주를 치켜들며 말을 박차고 공중으로 날아올랐다.

'일검에 도륙해야 한다……. 일검!'

어마어마한 마나가 검으로 모여들고 3미터가 넘는 오러가 줄기줄기 피어올랐다. 그 오러는 점점 더 색깔이 짙어져 가고 어느 순간 레오의 입에서 터져 나온 외침과 동시에 둥근 환을 만들어내며 쏘아져 나갔다.

"소드카이저!"

쎄에에에에에에엑!

압도적으로 커져가는 거검이 하늘에서 내려와 독인들을 향해 강렬한 일격을 가했다. 땅이 갈라지고 오러가 퍼지는 여파로 인해 바윗덩어리들이 가루가 되어 사라졌다.

"크윽, 주, 죽어라!"

검세에 휩쓸려 전신에서 피를 흘리면서도 독이 든 병을 던지려하는 기사를 향해 레오가 손가락을 튕겼다.

피잉! 파각!

이마를 꿰뚫어버린 오러에 쓰러지면서도 독병을 던지려 했다. 깨어지기만 한다면 바람을 타고 적진으로 흘러들어갈 것이었다. 그들이 앞쪽으로 달려 나온 이유도 아군에게 최소한의 피해가 가도록 하기 위함이었다.

'정신력은 대단하군.'

아무리 칭찬해줄 만하다고는 하나 적에게 자비란 말은 있을 수 없었다.

피핑!

오러를 탄지 형식으로 날려 마지막 숨까지 끊어버린 레오는 그들이 들고 있던 병을 노려보았다.

'큭! 재미있을지도⋯⋯.'

자신들이 써먹으려고 만들었던 무기에 당하면 어떤 기분

이 들까 생각하니 헛웃음이 나왔다.

"가랏!"

파앗! 쎄에에에엑!

레오가 극성의 내공을 실어 던지자 독약병들은 싸우고 있는 보병들의 대규모 접전 지역을 넘어 루인 공작군이 대기하고 있는 곳으로 날아갔다.

퍼엉! 휘스스스슥!

독약병이 깨지고 그 안에 있던 독약이 짙은 녹무를 만들어 내며 퍼져 나갔다. 그것을 지켜본 루인 공작은 대경하여 소리를 질렀다.

"피, 피하라! 당장!"

포이즌나이트들이 가지고 있어야 할 독이 자신들에게 날아오자 루인 공작은 끓어오르는 분노에 이를 갈았다.

'반드시 죽인다……. 네놈의 심장을 씹어 먹고 말리라!'

루인 공작은 독연이 머무는 곳에서 목을 부여잡고 죽어나가는 부하들을 보며 자리를 박찼다. 그의 눈에는 오직 한 사람, 플랑베르주를 들고 있는 레오만이 들어올 뿐이었다.

파팟! 고오오오오!

순식간에 허공으로 솟구쳐 올라 미친 듯이 날아가는 루인 공작은 검을 지팡이 삼아 느긋하게 기다리고 있는 레오에게 다짜고짜 강맹한 위력이 실린 장력을 날렸다.

뭉클한 검은 기류가 와류처럼 휘도는 장력의 공격에 레오
는 보법을 밟으며 그 공세를 빠져나갔다.

"훗! 드디어 왔군."

"네놈! 죽여주마! 타앗!"

쌍장을 비쾌하게 교차하며 발로 바닥을 쓸듯이 움직이는
기묘한 움직임을 선보이며 루인 공작이 레오에게 달려들었
다.

'이런, 독인가?'

레오는 독을 살포하지도 않았음에도 자연스럽게 독을 뿜
어내는 루인 공작의 독공에 싸늘한 조소를 머금었다.

후웅! 지이이잉!

마나를 뿜어내며 만들어낸 오러가 레오의 전신에 갑옷처
럼 만들어졌다. 그러자 그의 몸을 향해 밀려들던 무색무취의
독들이 그의 주변에서 스파크를 만들어내며 불타올랐다.

"제법이군. 내 독공을 막아내다니 말이야."

루인 공작은 이런 독공으로 페르시에 공작과의 싸움에서
많은 이득을 봤었다. 지금 뿌리는 독은 마나를 흩어버리는 독
과 신경을 마비시키는 독으로 제아무리 마스터라고 해도 행
동이 굼떠지는 것을 피할 수 없었다.

'시간을 끌면 마나의 소모를 감당할 수 없다.'

레오는 마나가 무한정한 것이 아니라는 것을 감안하여 더

욱 빠르고 강력한 공세를 퍼붓기로 작정했다.

"간닷!"

천마군림보의 강맹한 위세가 실린 움직임이 레오에 의해
서 펼쳐졌다. 기이한 움직임을 보이며 빠져나가려는 루인 공
작의 움직임과 너무도 대조적인 모습이 펼쳐졌다.

"블러드포이즌핸드!"

후앙! 쎄엑! 쎄에에엑!

쌍장을 빙글 휘돌리며 기운을 축약시킨 루인 공작에 의해
서 두 개의 검은 손바닥형상의 포이즌오러가 발출되어 날아
갔다. 거리가 길어질수록 더욱 커져만 가는 공세는 레오가 검
환을 만들어내어 쏘아 보내자 중간에서 커다란 폭음을 내며
충돌했다.

"크읏"

뒤로 주루룩 밀려난 루인 공작과 마찬가지로 뒤로 세 걸음
물러선 레오는 안색이 약간 하얗게 변해 있었다.

"빌어먹을……."

손해는 루인 공작이 더 보았는데 욕설은 레오에게서 흘러
나왔다.

"크크큭! 언제까지 오러로 막을 수 있다고 생각했더냐? 어
리석은 놈! 받아랏!"

후앙! 쎄엑! 슈아아앙!

이전의 공격과는 약간 다른 공세가 레오를 향해 밀려들었다. 그러나 레오는 오러가 깨어지며 그 틈을 노리고 들어 온 독에 약간의 현기증을 느끼고 있었다.

'할 수 없지…….'

레오는 검술로 모든 승부를 보려던 것을 포기했다. 저렇게 독으로 승부를 걸어오는 적에게 정면승부는 일검에 베는 것이 아니면 불가능하다는 것을 느낀 것이다.

"블링크!"

후웅! 스팟!

순식간에 공간의 틈 사이로 빠져나가 버린 레오가 있던 자리로 루인 공작의 장력이 떨어져 내렸다.

콰아앙! 후두두둑!

무수한 파괴된 돌멩이들이 사방으로 비산하고 그 자리에 아무것도 없는 것을 발견한 루인 공작의 눈에 분노의 기운이 어렸다.

"이잇! 쥐새끼 같은 놈!"

스팟!

루인 공작이 욕설을 뱉어낼 때 레오는 루인 공작이 공세를 시작했던 지점에 모습을 드러냈다.

"큐어포이즌!"

6서클의 마법으로 큐어포이즌이 펼쳐졌다. 그러자 현기증

을 유발하던 그 정체불명의 독은 마법에 의해서 소멸되어 사
라졌다.

　'방법은… 오직 하나다!'

　레오는 일검에 죽이지 못한다면 계속해서 이런 싸움을 지
속해야 한다는 것에 이를 앙다물었다. 그리고 그 방법을 쓰기
위해 온몸의 마나를 집중시켰다.

Chapter 07
삼황자의 사신

독공의 고수를 상대하는 것은 상당한 어려움을 동반했다. 레오는 모르겠지만 전설로 남아 있는 포이즌킹은 실력보다 그가 지닌 독으로 적수가 없었던 사람이다. 아니, 싸우기를 꺼려하는 자였다는 말이 옳을 것이었다.

스스슷!

레오의 움직임이 이전과는 판이하게 달라졌다. 어느새 정령까지 소환한 그는 미끄러지듯이 달려오는 루인 공작을 향해 마법을 날렸다.

"바인딩! 마나웹!"

후웅! 스팟!

두 가지의 마법이 동시에 달려오는 루인 공작에게 밀려들었다. 공격 마법도 아니었고 가장 기본적인 마법 가운데 하나였지만 6서클에 이른 레오의 마법이었다.

"이, 이이… 비겁한 놈!"

루인 공작은 갑작스럽게 발목을 붙잡은 마나의 밧줄에 기겁했다. 마음 먹은 대로 보법을 펼칠 수 없도록 방해하는 것에 움직임에 제약이 생긴 것이었다.

"소드라이너!"

후앙! 스팟!

반면 자유롭게 움직이는 레오의 표홀한 신법에 이어지는 쾌검의 공세는 움직임에 제약이 생긴 루인 공작의 허점을 파고 들어갔다.

파앗!

쌍장을 펼쳐 낸 루인 공작의 공세를 피해 그의 옆으로 파고든 레오의 검이 날카로운 기세로 그의 몸통을 쓸어갔다. 그러나 살짝 비트는 동작으로 피해낸 공작은 절묘한 금나수법으로 레오를 잡으려 했다.

반사적으로 신형을 빼내며 루인 공작의 공세를 빠져나간 레오는 정령의 교감을 통해 루인 공작의 추격을 방해했다.

후앙! 파각!

보법이 이루어지는 공간에 갑자기 나타난 흙으로 만들어진 손이 그의 발목을 잡았다. 자연의 기운을 간직하고 있는 정령의 능력은 인간의 감각으로도 느끼기 어려운 면이 있었다.

"비겁한 놈!"

비겁하다는 말을 씹어뱉듯이 쏘아내는 루인 공작은 그런 정령의 방해를 피해내며 다시금 레오를 잡기 위해 움직였다.

"훗! 독을 쓰는 네놈은 비겁하지 않다더냐? 병신 같은 놈!"

레오는 정령을 사용하는 자신의 수단을 비겁한 것으로 매도하는 루인 공작에게 한마디 쏘아붙였다. 이 대륙의 사람들은 정령술과 마법으로 싸우는 것은 절대 비겁한 수단이라 칭하지 않는다. 오히려 독으로 상대를 제압하려고 하는 루인 공작에게 야비하다는 말을 퍼부을 것이었다.

"으득……. 미완성이기는 하다만, 네놈을 죽일 수 있다면 무엇인들 못할까!"

뭔가 으리으리한 것을 사용할 뜻을 밝히는 루인 공작을 보며 레오는 적당한 긴장을 느꼈다. 도가 지나친 긴장은 오히려 해가 되지만 적당한 긴장은 오히려 플러스 요인을 주기에 나쁘지 않았다.

"오라! 그것이 무엇이든 부숴줄 터이니!"

레오가 우뚝 멈춰서며 말하자 루인 공작은 한동안 기이한 동작을 행했다. 그 무언가를 모으는 것임을 알았지만 일단 지켜볼 생각에 레오는 정령을 불러 무언가를 지시했다.

그의 말을 들은 정령은 다시 흙 속으로 들어가며 레오가 시킨 일을 준비했다.

"받아라. 이것이 포이즌킹이 남긴 최강의 힘이다. 카오스 포이즌핸드!"

휘류류류류류룡!

그의 주위로 미친 듯이 바람이 몰아쳤다. 검은 기류를 동반한 그 바람은 세상의 모든 마나를 끌어모을 듯이 요동쳤다. 그러다 어느 순간 그의 몸이 거대한 하나의 손이 되어 공중으로 솟아올랐다.

'헐…… 멋진걸?'

레오는 지금까지 그가 겪었던 그 어떤 전설들의 무예보다 멋진 움직임을 선보이는 것에 활짝 웃었다. 그리고 그 독 기운이 물씬 피어나는 손에 맞서 공중으로 뛰어 올랐다.

"부숴주마! 티엔마르리턴!"

그가 익힌 티엔마르가 남긴 검술의 마지막 초식으로 가장 강력한 위력으로 세상을 부술 수 있다고 한 그 검술이었다.

고오오오오!

검으로 마나가 몰려들고 검과 하나가 된 레오가 커다란 하나의 형상을 만들어내며 루인 공작의 공세에 맞부딪쳐 나갔다.

'지금이다!'

레오는 숨겨두었던 정령을 이용하여 마주쳐 나가는 순간 한 차례의 공격을 더 퍼부었다.

후앙! 슈슈슈슈슈슈슉!

루인 공작의 발밑에서 일어난 수없이 많은 흙의 창들이 일제히 솟구쳐 올랐다. 하나하나의 위력은 없을지라도 의외의 곳에서 공격을 받아야 하는 루인 공작으로서는 당황할 만한 상황이었다.

'빈틈!'

레오는 그가 당황하여 잠깐 마나의 운용이 흐트러지는 그 순간을 노려 더욱 강력한 의지를 실으며 쏘아져 나갔다.

콰앙! 콰콰콰콰콰콰쾅!

오러와 포이즌 오러가 충돌을 일으키며 하늘이 쪼개지는 듯한 착각을 불러일으켰다.

두 형상이 서로를 부수기 위해서 기세를 올리고 검은 기류로 만들어진 오러는 더욱 넓게 퍼지며 사방에서 레오의 검이 만든 형상을 두들겼다.

그에 반해 레오의 검세는 묵직하게 그대로 밀고 나가며 검은 기류의 오러를 야금야금 분쇄하며 기세를 올렸다.

"갈!"

레오는 모든 마나를 폭발시키듯이 뿜어냈다. 그의 마지막 공세에 마지막까지 버티던 루인 공작의 검은 기류는 그대로 폭발하듯 터져 나가며 공중분해되어 사라져 갔다.

휘익!

뒤로 사정없이 곤두박질치는 루인 공장의 신형이 애처롭게 지면에 충돌했다. 그가 떨어진 곳으로 힘겹게 내려서는 레오는 검을 겨눈 채 다른 한 손으로 수인을 맺으며 외쳤다.

"큐어포이즌! 큐어포이즌……."

몇 번의 해독마법을 펼치고 나서야 검게 변했던 그의 얼굴이 정상을 되찾았다. 휘청거리던 다리에도 힘이 돌아왔고 오러를 이용해서 몰아낸 독이 땅에 떨어져 독무를 만들어냈다.

"안티포이즌!"

후웅! 스르르르릇!

마지막으로 땅에 떨어진 독마저 해결한 레오는 죽은 듯이 쓰러져 있는 루인 공작에게 다가들었다.

"비급은 어디 있느냐?"

아직 숨이 넘어가지는 않았는지 모두 독공이 깨어지고 추레한 몰골로 변한 루인 공작의 눈이 떠졌다.

"으으……. 네, 네놈에게… 지다니……."

여전히 진 것이 믿기지 않는지 독공이 깨어져 폐인이 되어버린 루인 공작은 분한 음성을 토로했다.

"전설이 남긴 것들은 이 세상에 존재해서는 안 될 것들이다. 나의 임무는 그것들을 회수하여 없애는 것. 어디에 두었나?"

"크으……."

레오의 말을 들은 루인 공작은 무표정한 그의 눈빛에서 자신이 진 이유를 알 것 같았다. 세상을 구하기 위해서 노력하는 자와 제국을 차지하고 세상을 발밑에 두려 했던 자신과의 차이가 지금의 순간을 만든 것이었다.

"내 자식들을 살려주겠는가?"

어느 순간 말도 또렷하게 하는 루인 공작의 물음에 레오는 고개를 끄덕였다.

"지금 전설의 무예를 익힌 자들을 모아 검탑의 통제하에 두고 있다. 그 후손들은 영원히 검탑을 벗어나지 못하겠지만 살 수는 있을 것이다. 그리고 세상의 멸망이 도래할 때 그 힘을 모두 쓰게 되겠지."

"아, 크큭! 나쁘지 않군. 악인의 후예가 세상을 구원한다니……."

루인 공작은 세상을 헛살았다는 것을 죽음을 앞둔 지금에서야 깨달은 것이 아쉬웠다. 그러나 이제부터라도 자신의 후손들이 바꾸면 되는 것이었다.

"받아라. 그 안에 포이즌킹이 남긴 것이 들어 있으니."

루인 공작이 건네는 주머니 하나를 받아든 레오는 가볍게 고개를 끄덕였었다. 그리고 마지막에 마음이 바뀐 듯한 루인 공작을 향해 검을 흔들어 예의를 갖추었다.

"잘 가시오. 공작!"

"고, 고마… 맙네……."

쿠웅!

루인 공작의 몸이 쓰러져 내리자 레오는 검을 치켜들고 웅혼한 마나가 실린 음성을 토해냈다.

"루인 공작이 죽었다. 반항하는 자는 모두 도륙할 것이다!"

"우와아아아아!"

"레오 대공 만세! 만세!"

병사들은 루인 공작을 죽인 레오가 공중으로 솟구쳐 오르며 외치는 소리에 우렁찬 외침을 토해내며 환호했다. 그에 반해 절반이 넘게 죽어나간 반란군 진영은 침통함이 흐르는 가운데 검을 버리는 자가 속출했다.

나이츠 제국의 반란은 루인 공작의 죽음으로 막을 내렸다. 그가 키웠던 포이즌나이트들이 모두 죽었기에 수련을 받던 이들은 레오가 루인 공작가의 생존자들과 함께 넘겨받았다.

처음 나이츠 제국의 황제와 귀족들은 그 힘을 자신들의 것으로 만들고자 했지만 레오가 전설의 힘은 이 세상에 존재해서는 안 될 것이라 단호하게 주장하여 관철시켰다.

검탑을 만들고 그곳에서 머물며 세상의 멸망을 초래하는 상황이 아니라면 나오지 않을 거라는 레오의 약속을 믿고 그들도 인정했다.

"오랜만이에요. 나 보고 싶지 않았어요?"

"후후! 보고 싶기는 했던 거 같은데… 잘 모르겠네."

레오의 농담에 아젤리카의 입술이 샐쭉였다. 그녀는 프로렌스 왕국과 나이츠 제국의 전쟁까지 끼어들어 싸웠던 레오의 활약을 전해 듣고 자신의 일처럼 기뻐했던 여인이었다.

그러다 레오를 보게 되자 너무도 반가워하며 레오의 품에 안겨들었다.

"정말 보고 싶었어요. 진짜에요."

"후후! 나도 그래."

레오는 안겨든 아젤리카의 등을 쓸어주며 활짝 웃었다. 그러나 그런 포옹은 그리 오래가지 않았다.

"큼큼! 그 정도로 하지 그러냐."

발머는 내심 허락한 조카사위감이라고 해도 수많은 사람들이 모여 있는 곳에서 포옹을 하고 있는 것이 눈에 거슬리는지 퉁명스럽게 말했다.

"어맛! 저도 모르게……. 헤에! 죄송해요."

아젤리카가 혀를 내밀고 애교스런 표정을 짓자 발머는 그저 허허롭게 웃고 말았다. 자신과 있을 때는 절대 보이지 않는 모습이기도 하거니와 검을 좋아하여 천방지축의 모습만 보이던 아젤리카의 변신에 놀란 것이었다.

"내 이야기는 전해 들었네. 나이즈 제국까지 정리했다고."

"루인 공작이 죽으며 제 뜻에 동의를 해주어서 시간을 많이 절약할 수 있었습니다."

"다행이구만. 그래, 저분들이 루인 공작가의 사람들인가?"

"이리로 오시죠."

레오가 손짓하자 뻘쭘하게 서 있던 루인 공작가의 생존자들이 다가왔다. 두 명의 아들과 세 명의 딸을 둔 루인 공작가의 소생들로 하나같이 독공을 연성하여 눈동자에도 녹색의 기운이 깃들어 있었다.

"기이한 기운을 흘리는군. 독이던가?"

"그렇습니다. 루인 공작이 얻은 것이 포이즌킹의 전설이었으니까요."

레오의 설명에 발머는 고개를 끄덕이며 루인 공작가의 생존자들에게 말했다.

"다들 알겠지만 이 탑은 전설들이 남긴 유진을 이은 자들로 이루어져 있소. 이 일대를 모두 내어준 스베인 국왕 전하의 배려로 독립적인 삶을 유지할 수 있을 것이니 다른 곳의 관섭은 이루어지지 않을 거요. 그리고 마지막 한 가지……."

발머는 여전히 탑에 오는 것이 못마땅한 표정을 짓고 있는 생존자들에게 강한 어조로 말했다.

"전설의 무예를 익힌 이들은 이곳을 나갈 수 없소. 나갈 수 있는 방법은 무예를 아예 익히지 않는 것뿐이오. 아시겠소?"

"으음……."

"아, 알겠습니다."

그들은 이미 어디로 가든지 환영받지 못하는 존재가 되어 있었다. 이름을 숨기고 능력을 키운 후에 세상에 나와 복수행을 할 수도 있겠지만 그러기에는 레오와 그 일행의 능력은 너무 강했다.

"빌링스턴!"

"네, 탑주님!"

레오가 발머에게 탑주의 자리를 양보했기에 초대 검탑의 탑주는 블루윈드의 진전을 고스란히 이은 발머가 맡았다. 그는 능히 루인 공작과 겨룰 수 있는 능력을 지니고 있었기에 검탑의 탑주로서 어울리는 인사였다.

"저들에게 탑의 거처를 내어주도록 하게."

"명을 받들겠습니다."

빌링스턴은 지난날의 잘못을 많이 뉘우치고 개과천선한 모습이었다. 매사에 능동적이고 활발한 활동으로 검탑의 총관 역할을 맡았다.

"아참! 자네 그 이야기 들었는가?"

"무슨 이야기를 말씀하시는지요."

"루퍼트 제국 이야기 말일세."

"아, 루퍼트 제국……."

레오도 나이츠 제국에 있으면서 루퍼트 제국의 상황에 관해서 어느 정도는 들어서 알고 있었다. 대제국인 루퍼트 제국이라 그런지 지방에서 끊임없는 부흥군이 들고 일어나 갤러헤드 공작에 의해 제압당한 중앙을 들이치고 있다는 소리였다.

"북부의 근황군을 자처하던 카브레라 공작이 전사하고 그 휘하의 귀족군이 항복했다고 하네."

"으음……. 그렇군요. 그럼 남은 세력은 얼마나 되는 겁니까?"

"동부에서 거병한 황태자군이 가장 크고 남부의 귀족들을 등에 업은 삼황자가 남아 있네. 두 황자들의 근황군이 무너진다면 그대로 갤러헤드 공작은 칭제를 하겠지."

레오가 알기로도 두 황자들의 군대가 버티기는 하지만 곧 무너질 거라는 내용이었다. 그나마 가능성이 있는 것이 황태자군이지만, 그들을 지탱하는 전 근위기사단장과 7클래스의 황실마탑의 마도사 두 명이 쓰러진다면 버티지 못할 상황이었다.

"아무래도 탑에서 키운 전력을 투사하는 것이 낫지 않겠나? 루퍼트 제국의 저항 세력들이 무너지면 더 힘들어질 거 같아 그것이 걱정일세."

발머는 스베인 국왕으로부터 탑주가 된 이후 파펠본 공작가의 공작 작위를 이었다. 비록 공작가의 영지는 레오에 의해서 다스려진다고 해도 언젠가는 그에게 돌려줘야 할 자리였다.

'그게 맞기는 하지만⋯⋯.'

루퍼트 제국으로 가는 것은 상당한 문제가 있었다. 일단 전설의 힘을 회수한다는 논리는 명분이 될 수 없었다. 있다면 오직 하나 루퍼트 제국의 대공 신분을 가진 막시밀리안 대공의 후예로서 제국을 위협하는 적을 제압한다는 명분이었다.

'하지만 정식으로 인정받지도 못한 작위이니 문제지.'

정식으로 루퍼트 제국의 황제로부터 인정을 받지 않았다는 것은 개인적으로 끼어들 수도 없는 문제였다. 그의 다른 신분이 스베인에서는 왕의 외손자이자 공작 대리였고 프로렌스에서는 일왕자의 신분인 것이 걸렸다.

"끼어들 명분을 만들어야겠습니다."

"명분이라⋯⋯. 조카사위의 신분이 걸리는가 보구만."

"아무래도 그렇죠."

"흠, 차라리 이런 방법은 어떻겠나?"

"어떤 방법을 말씀하시는 건지."

"유니온으로 인해서 우리 스베인을 비롯한 3국이 고통을 받아야 했네. 그러니 유니온의 총수인 갤러헤드 공작가를 징치한다는 명분을 내세우면 어떻겠나?"

"유니온이라……. 그렇게 하려면 3국이 공통으로 선전포고를 해야 합니다. 가능하겠습니까?"

프로렌스와 스베인은 가능할 거라 믿지만 문제는 나이츠 제국이었다. 그들은 너무 많은 피해를 입은 상황이기에 루퍼트 제국으로의 원정에 회의적일 것이 분명했다.

"어차피 나인핸드의 전설을 얻고 왕국으로 발돋움하려고 하는 후튼 공국도 처리해야 하지 않나?"

"그거야 그렇습니다만……."

후튼 공국은 루퍼트 제국의 속국으로 그곳의 공왕인 후튼 공왕이 나인핸즈의 전설을 얻은 자였다. 그는 갤러헤드 공작에게 복종하는 대가로 왕국으로 격상되기를 바랐다.

"나이츠 제국에 후튼 공국을 합병하라고 하게. 그러면 그들은 상황이 어려워도 후튼 공국을 공격할 것이니."

후튼 공국은 루퍼트 제국과 나이츠 제국의 경계에 있었고 나이츠 제국에는 눈엣가시와 같은 존재였다.

'역시 나이는 허투루 먹는 것은 아니었나?'

처음 봤을 때 발머는 산적 두목 같은 모습을 보여주었다.

때문인지 그에 대한 선입견은 단순, 무식, 과격이라는 단어만 떠올리게 했었다. 하지만 지금 이야기를 들어보니 국제 정세에 밝은 모습을 보여주었다.

"그렇게 되면 후튼 공왕을 상대할 사람들이 필요합니다. 루퍼트 제국에 무력을 투사하자면 지금 있는 인원으로도 부족하다는 느낌입니다만."

레오는 갤러헤드 공작이 가장 큰 세력을 가지고 있음을 알고 있었다. 다른 전설의 주인들보다 월등히 세력도 컸고 그가 가지고 있던 본래의 힘도 일국을 세울 정도였다.

그러니 유니온의 수장으로 다른 전설들을 컨트롤할 수 있었을 것이었다.

'그가 가진 무력이 결코 약할 리 없다. 마지막에 겨뤘던 루인 공작보다 윗줄이라 생각한다면… 나도 이겨낼 수 있을지 모르건만……'

레오는 아무리 상황이 어려워도 이겨낼 각오는 서 있었다. 하지만 다른 이들이 갤러헤드와 맞서서 이겨낼 수 있을지를 걱정했다.

"우리가 맡겠네. 자네는 루퍼트 제국으로 가서 갤러헤드 공작을 막고 있게. 최대한 빠르게 후튼 공국을 정리하고 자네에게 합류하도록 하지."

발머가 후튼 공왕을 맡아준다면 안심할 수 있을 것이었다.

거기다 나이츠 제국의 페르시에 공작도 마스터 상급의 무시하지 못할 검사이니 둘이 지휘하는 정벌군이라면 후튼 공국 정도는 가뿐할 것이었다.

"알겠습니다. 지금으로서는 그게 최선일 거 같네요."

"흐흐! 열심히 수련을 쌓았던 애들이 좋아하겠군."

발머는 스베인 국왕이 보내준 4천 명에 이르는 기사를 수련시키는 역할도 병행하고 있었다. 그 엄청난 전력이 투사된다면 후튼 공국은 그리 오래 버티지 못할 것이었다.

지잉! 징! 징!

마법수정구에 불이 들어오자 레오는 누구의 연락일까 궁금하여 마나를 불어넣었다.

"레오입니다."

─아! 레오파드 비트 폰 프로렌스 대공이십니까? 저는 루퍼트 제국의 황실마탑의 부탑주를 맡고 있는 이글레시오 백작입니다.

자신의 미들네임에 비트라는 것을 집어넣어서 이야기한다는 것은 비트, 즉 막시밀리안 대공의 후계자라는 것을 인정한다는 말과 같았다.

"반갑소, 이글레시오 백작."

─지난 나이츠 제국에서의 활약을 듣고 진압군을 이끌고

계시는 삼황자 전하께서 무척이나 기뻐하셨습니다.

"후후! 별거 아니었소. 한데 무슨 일로 마법 통신을 다 주셨소?"

─그것이 나이츠 제국에 원병을 파견하는 문제로 연락을 취했다가 대공 전하의 통신 좌표를 알게 되었습니다. 해서 황자 전하께 보고드렸더니 꼭 대공 전하와 연락을 했으면 하셨습니다. 그래서 그런데 지금 황자 전하를 바꿔드리겠습니다.

"흠, 그렇게 하시오."

레오는 무심한 어조로 허락했다. 그의 무덤덤한 말투에 이글레시오 백작은 상당히 어두운 안색을 하고 있었다.

─레오파드 대공이십니까? 나 메르헨 아르메데스 폰 루퍼트 삼황자입니다.

대공과 황자의 신분은 똑같은 지위였다. 황자라 하여 대공의 작위를 가진 레오에게 함부로 대할 수는 없었다.

"반갑습니다, 황자 전하."

레오가 마주 인사하자 수정구 안에 보이는 삼황자의 얼굴은 환하게 웃는 모습이었다.

─나이츠 제국에 원군을 요청하는데 대공 전하의 이야기가 나와서 말입니다. 대공 전하라면 프로렌스와 스베인, 그리고 나이츠 제국의 연합군을 구성할 수 있는 능력이 있으시다고 들었습니다.

"그것은… 후후! 가능은 합니다. 명분도 어느 정도 있으니까요."

─역시! 제국의 충신이었던 막시밀리안 폰 비트 대공의 후계자다우십니다.

제국의 충신 운운하는 것을 보면 너 꼭 와서 도와야 한다라고 돌려서 말하는 것 같았다. 하지만 발등에 불이 떨어진 저들의 입장에서는 지푸라기라도 잡고 싶은 심정일 것이었다.

─대공 전하께서도 알고 계시겠지만 지금 제국의 운명은 풍전등화와 같습니다. 황태자 전하께서 이끄시는 진압군과 내가 이끄는 진압군만 남은 상황으로 언제 갤러헤드 공작의 공격에 무너질지 걱정이 많습니다.

"음……. 알고 있습니다. 해서 저 나름대로 노력은 하고 있습니다만… 쉬운 일은 아니니까요."

─알고 있습니다. 나이츠 제국에서도 대공 전하의 연락을 받았다고 털어놓더군요. 후튼 공국을 공격해 달라고 하셨다면서 말입니다.

갤러헤드 공작을 상대하기 위해 3국이 연합하여 군대를 일으킨다는 것에는 어느 정도 합의가 된 상황이었다. 하지만 대병이 움직이는 것은 그만큼 시간이 오래 걸리는 일이었다.

가장 피해가 작은 스베인 왕국은 중앙군 3개 군단을 동원하여 북진을 준비 중이었다. 프로렌스 왕국도 별다른 피해가 없는 탓에 그에 준하는 군대를 동원할 수 있었다.

"프로렌스와 스베인 두 왕국에서 원군을 준비 중입니다. 그러니 그들이 갈 때까지 버텨야 할 겁니다. 가능하겠습니까?"

레오가 묻자 삼황자의 안색이 어두워졌다. 레오는 모르지만 루퍼트 제국의 상황이 삼황자에게 결코 녹록하지 않은 것으로 보였다.

―병력도 열세이지만 갤러헤드 공작의 기사단을 막을 수 없습니다. 백팔 명으로 이루어진 기사단은 아군의 몇 배가 더 넘는 기사단을 상대하면서도 결코 허물어지지 않으니 말입니다.

'진법인가?'

티엔마르가 남긴 무예서에도 자연의 힘을 비틀고 왜곡하는 방법이 적힌 것이 있었다. 블루윈드의 무예서에도 그와 비슷한 것이 있어서 조금 애를 먹었던 기억이 떠올랐다.

'결국은 그 기사단을 부수지 못하는 한 어렵다는 소리가 아닌가. 하아, 어렵군.'

레오는 일단 자신이 먼저 가야겠다는 결론에 도달했다. 응원군을 이끌고 오는 것이야 양국의 뛰어난 장군들이 있으니 그들에게 맡기면 될 일이었다.

"홈……. 나와 몇몇 수하가 먼저 루퍼트 제국으로 가도록 하겠습니다. 큰 도움은 안 될지라도 원군이 도착할 때까지 버티는 것은 가능하도록 해드리지요."

―아! 그렇게 해주시면 그 은혜는 결코 잊지 않겠습니다. 하하! 하하하하하!

레오가 간다는 말에 파안대소를 터뜨리는 삼황자의 모습이 수정구를 통해 투영되었다. 무척이나 고뇌하며 연락을 취했을 것을 생각하면 왠지 그가 불쌍하게 느껴지는 순간이었다.

"이쪽 어디라고 했는데……."

레오는 삼황자가 이끄는 진압군 진영으로 합류하기 전에 한 곳을 들리기 위해 가파른 바위산을 뒤지고 있었다. 아시모프와 그 일행들을 탈란이 데려다 준 덕분에 대강의 위치만 알고 있어서 하는 고생이었다.

'이럴 줄 알았으면 탈란이 돌아왔을 때 같이 올 것을…….'

너무도 넓은 산맥을 다 뒤지려고 하니 한숨만 흘러나왔다. 특히 수많은 몬스터들이 먹잇감의 출현에 기를 쓰고 달려드는 통에 발길이 더뎌지는 것이 짜증까지 유발했다.

'후우, 이 방법은 쓰지 않으려 했건만!'

레오는 반나절가량 산맥을 뒤지다 마지막 방법을 쓰기로

작정했다. 드워프들의 거주지를 찾는 것이 어렵다면 그들이 자신을 찾아오게 하면 그만인 것이다.

"후읍!"

마나를 모아 배에서부터 터져 나오는 목소리에 주입하여 최대한 멀리 퍼지도록 유도하며 말했다.

"아시모프님을 만나러 왔다! 아시모프님을……."

광량한 마나가 실린 천마후가 거대한 산맥을 쩌렁쩌렁 울렸다. 그리고 공중으로 솟구쳐 오르며 사방으로 기감을 넓게 펼쳐 천마후에 반응하는 것이 있는지 살폈다.

'저기다!'

레오의 기감에 걸린 것은 산맥의 한 바위산에서 일어난 작은 움직임이었다. 다른 곳은 몬스터들이 놀라 도망가는 것이라면 그곳은 오히려 모습을 감추는 듯이 작은 움직임이 끝이었다.

파팟! 파파파파파팟!

나무와 나무 사이를 건너뛰듯이 움직이는 레오는 바위산으로 올라가 그 작은 움직임이 사라진 부분으로 접근했다.

피잉! 쎄에에엑!

뭔가가 발사된 소음에 이어 꽤 커다란 쿼렐이 날아들었다.

'위협용인가?'

죽이려고 쏜 것은 아니었다. 날아든 쿼렐이 레오의 발 앞에 박혀들었다.

"돌아가라! 인간은 우리의 신성한 대지에 들어올 수 없다!"

시커먼 수염을 덥수룩하게 기른 드워프 전사들이 모습을 드러냈다. 두꺼운 팔뚝에 어울리는 워액스를 들고 있는 그들의 사이로 중형 몬스터를 상대할 수 있는 발리스타가 곳곳에 보였다.

'대단하군. 저렇게 위장하고 있으니 찾을 수 없었지.'

드워프들의 적개심 어린 표정을 읽은 레오는 두 손을 들어보이며 말했다.

"나는 이시모프님을 만나러 온 레오라는 사람이오. 그러니 그에게 연락이라도 해주시오."

"정말이냐, 레오라는 사람이라는 게?"

"맞소. 이걸 보여주면 이시모프님도 아실 것이오."

레오가 꺼낸 것은 파이어밤으로 혹시 모를 사태에 대비하기 위해 남겨놓은 단 하나 남은 것이었다.

"오! 그것은 파이어밤이 아닌가. 나도 이시모프 장로님에게 들은 바가 있다. 우리 일족을 구해준 인간이니 방문을 허락할 테니 들어와라!"

가운데 서 있던 가장 털이 많은 드워프가 도끼를 치우며 말했다. 그의 말에 다른 드워프들도 적개심을 거두고 손님을 맞이하는 모습을 보였다.

"레오라고 합니다. 대지의 일족을 만나게 되어 영광이로 군요."

"껄껄껄! 이시모프 장로님이 그러던데 네가 그렇게 강하다 면서? 어때, 나랑 한번 겨뤄보는 게."

드워프가 이렇게 호전적인 종족이었나 하는 생각이 들었 지만 다른 드워프들의 호기심 어린 시선으로 보아 눈앞의 드 워프만이 그런 모양이었다.

"나중에 시간을 내도록 하죠. 지금은 급한 상황을 처리해 야 해서요. 후후후!"

"끄응! 그런가? 일단 따라 들어오게."

드워프 전사는 레오를 데리고 바위를 가볍게 치우며 안내 했다. 레오는 자세히 보니 그 바위가 인위적으로 만들어진 것 임을 알 수 있었다. 너무도 교묘하게 만들어 놓은 탓에 멀리 서 보면 영락없는 바위의 모습으로 보일 것이었다.

"대단한 위장술이군요."

"호호호! 이곳에서 살아남으려다 보니 별수없었다네. 지난 번 인간들의 공격 때문에 붉은 모루 일족이 큰 피해를 입고 난 후 설치한 것이지."

"아, 같은 인간의 입장에서 사과드리죠."

"아닐세. 자네는 우리 일족의 은인일세. 그런 인간들과는 다르다는 것을 나도 알 것 같구만."

드워프 전사의 말에 레오는 미안한 마음에 씁쓸한 미소로
화답했다. 인간의 욕심으로 인해 벌어진 일이기에 같은 인간
의 입장에서 미안한 마음이었다.

Chapter **08**
루퍼트 제국으로

드워프들의 거주지는 땅속으로 한참을 들어가야 하는 곳
에 있었다. 광산을 뚫어놓은 것 같이 만들어진 굉도에 레일이
깔려 있고 드워프들이 만든 처음 보는 물체가 그 레일 위를
달렸다.

"정말 대단하군요. 아무런 행동도 하지 않는데 달리는 것
을 보면 말입니다."

레오가 약간 놀란 얼굴로 묻자 드워프 전사 카렌코프는 껄
껄 웃으며 즐거워했다.

"껄껄껄! 우리 드워프 일족의 모든 역량이 집약된 것일세.

마나석의 마나를 이용하여 동력원으로 삼아 기계공학이 집약된 이 머신이 움직이지."

"이게 인간들에게 알려지면 엄청난 반향을 불러일으키겠네요. 말이 없어도 달릴 수 있는 거라니."

"물론 그럴 거라 생각하네. 대신 단점도 존재한다네. 이런 레일이 있어야 한다는 거지."

"아, 그건… 사정이 여의치 않겠네요."

"그것 때문에 이런 굉도 안에서만 사용할 수 있지."

세상에는 수많은 몬스터들이 존재하고 그들은 인간이나 드워프들이 만든 강철을 훔쳐가기 일쑤였다. 대륙에 레일이 깔린다면 그들에게는 훔쳐가라고 깔아놓는 것으로 밖에 안 보일 것이었다.

"다 왔네. 여기가 우리만의 땅, 아이언시티일세."

카렌코프의 말에 앞을 보자 굉도가 끝나고 거대한 세상이 모습을 드러냈다. 지하 수백 미터 아래에 만들어진 거대한 공간은 그 크기만으로도 레오를 놀라게 만들기에 충분했다.

"따라오게, 이시모프 님의 공방으로 데려다줄 것이니."

"감사합니다."

카렌코프를 따라 드워프들의 건물들이 즐비한 곳을 통과했다. 인간의 등장에 드워프들이 호기심을 드러내며 얼굴을 내밀었지만 카렌코프와 함께 가자 그 이상의 행동은 보이지 않았다.

쾅쾅!

"이시모프 님! 나와보세요."

카렌코프는 바위를 깎아서 만든 판으로 연결하여 만든 커다란 공방 앞에서 소리를 질렀다.

"누구야! 소리를 꽥꽥 질러대는 무뢰한 놈이!"

해머를 들고 달려 나온 이시모프는 작업을 방해 받은 것에 격분했는지 콧방귀를 씩씩 껴대고 있었다.

"엇! 너는… 으하하하! 정말 반갑구만."

이시모프는 레오를 발견하자 언제 그랬냐는 듯이 표정을 바꾸며 달려왔다.

"하하! 반갑습니다."

"내 자네를 한번 찾아가 볼까 했었다네."

"저를요?"

"흐흐! 부탁할 일이 있어서 말이야."

이시모프가 부탁한다는 말에 레오는 드워프들이 인간들에게 부탁할 일이 무엇일까 생각해 보았다. 하지만 딱히 그들에게 도움될 것이 인간들에게 없다는 점에 희미한 미소를 지었다.

"아참! 들어가세. 내 공방을 보여주도록 하지."

"후후! 감사합니다."

"카렌코프, 너는 이만 가봐라. 레오를 데려다주어 고마웠다."

"그럼 전 이만 가보겠습니다."

드워프 전사 카렌코프는 괄괄한 성정의 이시모프가 인간인 레오를 너무도 반갑게 맞이하는 것에 모를 일이라며 고개를 젓고 있었다. 그러다 축객령이 떨어지자 레오를 관찰하고 싶은 생각에 얼른 말했다.

"저도 있으면 안 되겠습니까?"

"너도 있게? 뭐 상관없겠지?"

"후후! 저는 상관없습니다."

레오의 허락이 떨어지자 두 드워프와 레오가 공방 안으로 들어갔다. 후끈한 열기가 감도는 공방의 실내에는 무척 많은 장비들이 들어차 있었고 새로운 무구를 만들다 말았는지 모루 위에는 붉게 달궈진 쇠막대가 놓여 있었다.

"여기 앉게."

자리를 내주는 아시모프는 한쪽에 놓아둔 맥주 통에서 맥주를 따라 가지고 돌아왔다.

"감사합니다."

"시원하지는 않겠지만 맛은 내 보장하지."

맥주의 향이 코끝을 스쳤다. 진한 흑맥주의 향에 레오는 살짝 맛을 보았는데 뭔가 부족한 느낌은 지울 수 없었다.

"아이스!"

후웅! 스스슷!

맥주잔에 하얗게 서리가 내리고 맥주에 살짝 살얼음이 끼었다.

'딱 좋은데?'

레오는 더운 실내 공기 때문인지 시원한 것이 더욱 마음에 들었다. 그가 마시는 것을 본 아시모프가 자신이 들고 있는 잔을 내밀며 말했다.

"혼자 그렇게 마시면 좋은가? 내 것도 해주게."

"후후! 그러죠. 카렌코프 님도 내려놓으세요."

"나도? 흐흐! 부탁하지."

두 잔에 아이스 마법을 걸어 시원하게 만들어주자 두 드워프는 잽싸게 들고 벌컥벌컥 소리가 나도록 들이켰다.

"캬아!"

"꺼윽, 이거 정말 좋구만."

시원하게 흑맥주를 마시자 그 맛이 몇 배는 더 뛰어나게 느껴졌다. 덕분에 두 드워프는 맥주 통을 통째로 옮겨다 놓으면 '한 잔 더!'를 외쳐 댔다.

"저를 찾아오려고 하셨다는 말씀은 무슨 말씀이십니까?"

"아, 그거 말인가? 한 가지 부탁을 하려고 했었네."

"부탁이라니… 무슨 부탁이신지요?"

"우리 드워프 일족이 세상에서 모습을 감춘 것으로 알려진 것은 꽤 오래전부터 알려졌을 걸세."

"알고 있습니다."

"덕분에 우리끼리 자급자족하는 생활을 해왔는데 그게 한계에 이르러서 말일세. 내가 그 루인인가 뭔가 하는 놈에게 잡혀간 것도 그것 때문이었지."

"아, 인간과 교류를 위해서 나섰다가 잡힌 거였다는 말씀이시군요."

"알아들으니 편하구만. 그렇네, 우리 드워프들은 인간과 교류를 해야 하네. 그것도 자네처럼 믿을 수 있는 인간이라면 더 좋겠지."

"음……."

레오는 드워프들과 교류하려면 상단을 갖추고 있어야 한다는 것이 마음에 걸렸다. 비록 왕자나 대공의 신분을 가지고 있어도 믿을 수 있는 상단이라는 것은 별개의 문제였다.

'그래, 어차피 검탑은 세상 속으로 나서지 않는다고 선언했지만 살기 위해서는 돈이 필요한 것도 사실이지.'

드워프들과의 교류를 독점할 수 있다면 검탑은 영원토록 번영할 수 있는 토대를 구축할 수 있었다. 상단이 없다면 만들어서라도 교류를 해야 할 입장인 것에 고개를 주억거리며 말했다.

"그 문제는 제가 알아서 해결해 드리겠습니다. 상단이 없으면 만들어서라도 처리하면 되니까요."

"오! 그게 정말인가? 하하하! 역시 대공의 작위를 가지고 있다더니 시원시원하구만. 하하하하!"

"대공이라구요? 우와! 이 인간 엄청 높은 사람이었군요?"

"그렇지. 제국의 대공이면서 프로렌스 왕국의 왕자라네. 그리고 최고로 뛰어난 기사이기도 하고."

이시모프는 자신을 구해준 레오에게 대단한 호감을 가지고 있었다. 적어도 그라면 드워프들의 안전을 위해서 온갖 노력을 해줄 수 있는 사람이라 믿는 것이다.

"이곳은 나이츠 제국이라 조금 시간이 걸릴 겁니다. 프로렌스 왕국의 상단을 섭외해야 하니까요."

"흐흐! 그 정도는 걱정 말게. 올해 안에만 도착하면 되니까 말일세."

"그 정도는 어렵지 않습니다. 그럼 이젠 제가 찾아 뵌 이유를 말씀드려야겠군요."

"해보게. 내 무슨 부탁이든 들어줄 터이니."

아시모프의 장담에 레오는 조심스럽게 파이어밤을 꺼냈다. 그리고 이번에 싸우러 가야 할 곳이 루퍼트 제국이고 그곳에서 갤러헤드 공작과 싸우게 될 거라 이야기했다.

"흠, 그러니까 이 파이어밤을 더 만들어 달라는 소리인가?"

"갤러헤드 공작은 제가 막는다 해도 무수히 흐를 피를 막으려면 이게 최선인 듯싶어서 그럽니다."

파이어밤으로 적군의 사기를 꺾으면 전투는 상당히 유리하게 흐를 것이었다. 그것을 원하는 레오에게 이시모프는 고개를 저었다.

"그것은 내 들어줄 수 없는 부탁이네. 드워프의 명예를 걸고 다시는 안 만들겠다고 맹세한 물건이기 때문이지."

"아……. 그렇군요. 후후!"

약간은 아쉬움이 묻어나오는 레오의 대답이었다. 하지만 거절에도 불구하고 레오의 눈빛에는 오히려 잘되었다는 안도감 같은 빛도 곁들여져 있었다.

"허허! 아쉽지 않은가?"

"아쉽기는 하죠. 하지만 내심 다행이라 생각했습니다. 이 물건은 정말 세상에 있어서는 안 될 물건이라 여겼거든요. 그리고 뭐, 어떻게든 이기면 되는 거니까요. 후후후!"

레오가 이기면 된다는 말을 하자 이시모프가 껄껄 웃으며 박수를 쳐댔다.

짝짝짝짝!

열렬한 박수에 레오가 고개를 갸웃하자 이시모프가 자신의 생각을 털어놓았다.

"내 비록 그 건파우더로 만드는 물건은 안 만들 생각이지만 자네의 전쟁을 도와줄 수는 있네."

"네? 전쟁을 돕다니요?"

"우리가 무엇이라 생각하는가?"

"그야 대지의 일족인 드워프가 아닙니까?"

"그렇다네. 우리 드워프들의 전쟁 기술이 얼마나 대단한지 자네는 모를 걸세."

"아, 전쟁 기술이라면……."

"보겠나?"

"후후! 보여주신다면 영광이죠."

레오의 대답에 이시모프는 자부심이 가득한 표정으로 카렌도프에게 말했다.

"가능하겠지?"

"그거야 뭐, 맥주 통에 마법을 걸어준다면 얼마든지 보여줄 수 있죠. 흐흐흐!"

카렌도프는 또 한 잔의 시원한 맥주를 잔에 채우며 별거 아니라는 반응을 보였다.

"들었지?"

"물론입니다. 얼마든지 해드리죠."

"흐흐흐! 나가세."

이시모프가 먼저 일어나고 아쉬운 표정으로 잔을 내려놓은 카렌도프가 레오와 함께 공방을 나섰다.

'저건 도대체 뭐하는 물건일까?'

레오의 눈에 들어 온 것은 기다란 원통이 둥글게 달려 있는 커다란 통이었다. 뒤쪽에는 손잡이 같은 것이 만들어져 있었고 가장 위에는 기다란 통이 꼽혀 있는 기형적인 모습의 물체였다.

"저게 도대체 뭡니까?"

"흐흐! 일단 보기나 하게."

이시모프는 장난감을 눈앞에 둔 어린 악동과 같은 미소를 지어 보였다. 그의 손짓을 하자 멀리 표적판을 설치한 드워프들이 깃발을 흔들었다.

"준비됐군. 저 표적판이 보이나?"

거대한 공동의 한쪽 벽에 만들어진 표적은 300미터 정도는 떨어져 있었다. 그것도 인간의 모형처럼 만들어진 것들이 백여 개를 박아놓은 모습이었다.

"카렌도프! 시작하게."

"네, 장로님!"

카렌도프는 네 대의 커다란 통에 드워프가 하나씩 붙어 있는 곳에 서 있다가 명령을 받고 신형을 돌렸다.

"자! 준비된 사수부터 발사!"

"발사하라!"

투투투투투투투투투투투투퉁!

레오는 그 통에서 쏘아지는 쿼렐을 보고 경악했다. 처음 킬링파이어를 보았을 때 느꼈던 그 놀라움에 준하는 경악이었다.

퍼퍼퍼퍼퍼퍼퍼퍼퍼퍼퍼퍽!

초당 서너 개씩의 쿼렐이 날아가 저 멀리 설치해 놓은 과녁에 여지없이 꽂히는 것은 놀라움을 금할 수 없었다.

"어떤가, 우리가 만든 게틀링보우건이."

"게틀링보우건이라……. 정말 대단한 병기로군요. 정말 획기적인 물건입니다."

레오의 흥분에 찬 음성에 이시모프가 장담하듯이 말했다.

"오크들을 막기 위해서 만든 병기로 저기 레버를 돌리면 발사된다네. 안에 여덟 개의 발사장치가 레버에 의해 돌아가며 쿼렐을 발사하게 되어 있지."

대강의 작동 원리를 이야기하는 이시모프는 그런 게틀링보우건 200대를 무상으로 주겠다는 뜻을 밝혔다.

'이걸 성벽 위에 걸어놓고 쏘아댄다면… 과연 접근할 수 있는 병력이 얼마나 되겠는가?'

레오는 게틀링보우건의 위력 앞에 적 보병들은 접근조차 어려울 거라 생각했다. 생각해 보면 초당 천여 발의 쿼렐이 날아들 곳으로 접근하는 것은 자신이라고 해도 상당한 어려움을 겪어야 할 것으로 보였다.

"이 정도면 파이어밤을 만들지 않아도 되지 않겠나?"

"후후! 물론입니다. 제 걱정이 싹 가시는 느낌입니다. 하하하!"

"흐흐! 자네가 그리 말해주니 개발자로서 무척이나 기쁘구먼. 흐흐흐흐!"

"아! 이걸 이시모프 님께서 만드신 겁니까?"

"그렇다네. 이 산맥에서 생존을 위해 만든 여러 병기 중에 하나이지. 뭐, 루인 공작인가 하는 놈 공방에서 얻은 지식을 조금 섞어서 개량했으니 그놈 덕도 조금 있고."

"아, 그래도 정말 대단하시네요. 후후!"

레오는 진심으로 이시모프의 뛰어난 능력에 대해서 칭찬을 아끼지 않았다. 그리고 시간이 없음을 아쉬워하며 아공간 가방에 게틀링보우건과 드워프들이 쓰기 위해서 쟁여놓은 100만 발의 쿼렐까지 얻은 후 작별을 고했다.

후웅! 징! 징! 징! 징!

루퍼트 제국 남부의 바르논 요새는 삼황자가 최후의 저항을 상정하고 지키는 곳이었다. 양쪽의 높은 바위산을 끼고 만들어진 요새는 높이만 30미터에 이를 정도로 높고 단단한 요새였다. 그곳의 상공에 푸른 마나가 모여들며 마법진이 만들어졌다.

"모두 대비하라!"

요새에 걸려 있는 마법진은 6클래스의 공격 마법까지 막을 수 있는 것이었다. 그 이상의 마법사가 쳐들어온다면 뚫릴 수도 있는 탓에 요새의 성벽 위에 배치된 병사들은 상당한 긴장감을 느끼며 활시위를 걸었다.

스팟!

마법진이 사라지며 등장한 세 사람의 모습에 병사들은 당장에라도 활시위를 놓으며 공격하려 했다.

"나는 레오 대공이다. 적이 아니니 공격을 멈춰라!"

웅웅거리며 들리는 레오의 음성에 병사들은 자신들을 지휘하는 기사들에게 시선을 돌렸다.

"정말 레오 대공이십니까?"

"며칠 전 삼황자 전하와 마법 통신을 했던 레오 대공이 맞다. 그러니 안심하라!"

그의 음성에 기사들은 고갯짓으로 활을 내려놓으라고 신호를 보냈다. 그와는 반대로 요새를 공격하기 위해서 진을 치고 있던 적병들의 진영에서는 웅성거리는 듯한 모습을 연출했다.

스스스스슷!

부유하듯이 내려오는 레오와 탈란 등은 수많은 병사가 무장한 채 지켜보는 곳에 안착했다.

"실례지만 증명을 보여주십시오."

여전히 검을 들고 있는 기사가 다가와 증명을 요구했다. 그로서는 당연히 해야 할 일이기에 레오는 묵묵히 손가락에 끼워져 있는 반지를 내밀며 마나를 주입했다.

후웅! 스팟!

반지의 보석에서 뻗어 나온 빛이 커다란 빛의 문장을 만들어냈다. 바로 막시밀리안 폰 비트 대공을 뜻한 문장으로 쌍두 드래곤의 문양이 선명하게 모습을 드러냈다.

착! 차착!

"대공 전하를 뵈옵니다."

"대공 전하를……."

기사들과 병사들이 모두 예를 갖추자 레오는 손을 흔들며 말했다.

"전쟁의 와중에 과한 예의를 거두게."

"감사합니다."

기사들은 세 나라에서 벌어졌던 유니온의 반란을 진압한 레오에 대한 무한한 존경심을 드러냈다. 검으로 최고의 실력을 쌓은 젊은 대공을 본다는 것만으로도 어렵게 버텨온 것이 헛되지 않았다는 생각이었다.

"나는 바로 삼황자 전하를 뵈어야 할 거 같으니 안내를 부탁하네. 이쪽은 내 일행들일세."

"충! 제가 모시겠습니다. 레딘 반 발렌하트 자작입니다."

기사 중의 하나가 안내를 자청했는데 수비를 담당하는 기사 가운데 가장 선임으로 보였다.

"부탁하겠소."

"따라오시지요."

레딘 자작을 따라 요새 안으로 들어가는 레오는 지치고 힘들어 하는 병사들의 모습이 눈에 띄었다. 적군은 수십만인 데 비해 요새 안의 병사들은 많아야 4만 정도로 지금까지 버틴 것이 용하다고 할 정도로 힘들어하고 있었다.

"병사들이 지쳐 보이는군."

"그것이… 적은 계속해서 병력 순환을 하며 공격하지만 우리는……. 하아, 저 역시 지난 사흘을 못 쉬었습니다."

"이런……. 피곤하겠군. 이제 내가 왔으니 조금은 나아질 것이네. 그동안 수고 많았네."

"가, 감사합니다, 대공 전하!"

레딘 자작은 레오의 위로에 격한 감정을 토로하며 눈시울을 붉혔다.

"레딘 자작께서 여긴 어인 일이시오?"

요새의 중앙에 위치한 건물에 이르자 은빛의 갑주를 걸치고 있는 일단의 기사들이 레오 일행을 막아섰다. 그들 중에서

중년의 기사가 앞으로 나서며 레딘 자작에게 물었다. 그러자 레딘 자작은 정중한 예의를 갖추며 레오를 가리켰다.

"레오파드 비트 폰 프로렌스 대공 전하십니다. 예를 갖추십시오."

"아! 대공 전하를 뵙니다."

근위기사는 레오를 보고 긴가민가하고 있다가 레딘 자작의 소개에 칼 같은 동작으로 기사의 예를 취했다.

"수고들이 많네. 삼황자 전하를 뵈러 하는데 들어가도 되겠나?"

"물론입니다. 대공 전하를 안으로 뫼셔라!"

"추웅!"

근위 기사들이 일제히 기사의 예를 취하며 검을 뽑아 건물로 들어가는 곳에 검의 길을 만들었다. 근위 기사들의 검례를 받는 레오는 흐뭇한 미소를 지은 채 그 길을 걸어 안으로 들어섰다.

"어서 오세요, 대공 전하!"

안에서 미리 연락을 받았는지 삼황자가 귀족들과 함께 달려 나왔다. 귀족들과 마찬가지로 삼황자의 얼굴에는 다크서클이 진하게 내려앉아 피곤함에 절은 모습이었다.

"황자 전하를 뵈오이다."

동급의 위치지만 황자와 대공의 위치는 그 무게감이 달랐다. 지금도 황자는 고개만 숙이고 레오는 허리를 살짝 숙이는 것으로 인사를 나눴다.

"안으로 듭시다. 내 레오 대공이 오기만을 학수고대하고 있었습니다."

"그러시지요."

황자와 귀족들은 지금까지 무수한 토론을 했었는지 커다란 원탁에 수북하게 작전지도 같은 것을 늘어놓은 모습을 보이고 있었다.

"상황은 어떻습니까?"

"많이 좋지 않소이다. 나이츠 제국이 후튼 공국을 공격한다는 소식이 알려지고 적군의 일부가 빠져나가기는 했지만 여전히 그 세가 막강합니다."

"흐음…… 곧 남쪽에서 두 왕국의 응원군이 도착할 겁니다. 적어도 보름은 버텨야 하는데 가능할지 모르겠군요."

"보름이라……. 허허허, 지금도 며칠째 밤을 새운 병사들입니다. 곧 지친 병사들이 쓰러질까 염려하는 중이었습니다."

삼황자는 삼십대 후반의 나이로 보였다. 황제가 나이 칠십에 죽었으니 황자들의 나이가 대부분 많은 것은 어쩔 수 없었다.

"그 문제는 제가 해결할 수 있을 거 같습니다. 그러니 우선 방어를 위한 군 편제부터 알려주십시오."

"그건 제가 보고 드리겠습니다. 남부군 사령관을 맡고 있는 레슬레 후작입니다."

"레슬레 후작이시군요. 부탁드리겠습니다."

나이가 지긋한 귀족이 나서자 레오는 공대를 하며 노귀족을 대우해 주었다. 그 모습에 소개를 하지 않았던 귀족들의 눈빛이 따스해졌다. 아무래도 레오는 이들이 생각하기에 굴러온 돌 정도로 보였을 것이었다.

"우선 중갑보병 2만과 궁병 8천이 방어에 나서고 있습니다. 절반 정도가 남부군 소속이고 나머지는 영지군입니다. 1만의 기병 전력이 남아 있습니다만 요새에서 하는 수성전이기에 보병과 같이 운용하고 있습니다."

"그렇군요. 적의 숫자는 어느 정도입니까?"

"갤러헤드 공작가의 제2기사단장인 빌트햄 백작이 이끄는 반란군은 총원 17만입니다. 영지의 영지군들이고 주목해야 할 것은 빌트햄 백작이 직접 이끄는 기사단입니다. 그들과의 싸움으로 벌써 천여 명이 넘는 기사가 죽어나갔습니다."

"음……. 그건 그럴 겁니다. 전설들이 남긴 무예서에는 이 세상의 것과는 그 차원이 다른 능력들이 남겨져 있으니 말입니다. 진법을 이용하여 기사단을 운용하는 것인데 일반 기사단으로는 대적하기 어렵습니다."

단언하듯이 말하는 레오의 말에 귀족들은 그놈의 전설이라는 말을 중얼거리며 고개를 가로저었다.

"일단 내일부터 수성전에 관한 것은 제가 위임받도록 하겠습니다. 그래도 되겠습니까?"

"물론입니다. 레오 대공께서 맡아주신다니 든든하기 이를 데 없습니다. 하하하!"

그동안 많이 지쳤던지 레오가 맡겠다고 하는 말에 그 누구보다 기뻐하는 황자였다.

"보고 드립니다!"

급박하게 달려와 보고를 올리는 기사 하나로 인해 희망에 차있던 지휘소 안은 긴장감에 휩싸였다.

"무슨 일인가?"

레슬레 후작이 급히 묻자 기사는 고개를 들며 말했다.

"적군의 공성이 시작되었습니다. 이글레시오 백작님의 말로는 성을 부수기 위한 7클래스의 마법이 준비 중이라고 합니다."

"이, 이런……. 소작이 먼저 나가보겠습니다."

"아니요. 내가 해결하도록 하겠습니다."

레오가 자리에서 일어나자 황자와 귀족들은 그의 능력을 눈으로 확인하고 싶다는 생각에 무거운 엉덩이를 들고 그 뒤를 따라 나섰다.

"탈란! 준비해!"

"흐흐흐! 그걸 쓰실 생각이십니까?"

"지금 쓰기 딱 좋지 않겠어?"

"그거야 그렇긴 하죠. 바로 꺼내도록 하겠습니다."

탈란은 레오에 앞서 달려가 요새의 높은 성벽 위에서 아공간 가방을 꺼내 들었다.

"게틀링보우건 소환!"

안에서 게틀링보우건을 꺼내자 드럼통을 뉘어놓은 것처럼 생긴 그것이 모습을 드러냈다.

"대공 전하, 저것이 무엇입니까?"

삼황자는 레오의 일행으로 보이는 탈란이 괴상한 물건을 꺼내놓자 궁금증을 드러내며 물었다. 그에게 레오는 씨익 웃어 보이며 대답했다.

"궁금해도 조금만 참으십시오. 아주 재미난 광경을 보게 되실 겁니다."

"그, 그런가요?"

삼황자의 궁금증을 풀어줄 생각이 없는 레오는 게틀링보우건에 쿼렐이 들어 있는 통을 거꾸로 꼽으며 설치를 마쳤다.

"탈란! 무슨 마법인지 알겠어?"

7클래스의 마법을 사용하여 요새의 성벽을 부수려 하는 것에 탈란에게 물었다. 그러자 탈란은 고개를 저으며 약간 이상하다는 듯이 대답했다.

"7클래스의 마법이 아닌데요? 이건 적어도 8클래스의 마법을 운용하기 위한 겁니다."

"8클래스? 저쪽에 그런 능력자가 있다는 말이야?"

세상에 8클래스의 마도사가 씨가 마른 지 오래였다. 어떤 이유에서인지는 몰라도 지난 100년 이래 최고로 올라간 마법사의 능력은 7클래스가 끝이었다. 탈란의 마계의 존재였으니 거기에서 제외인 것은 당연했다.

"대충 느낌으로 알 수 있을 거 같군요. 마법진을 이용해서 한 단계 더 높은 마법을 시전하는 방식입니다."

"그, 그게 정말이십니까?"

이글레시오 백작은 자신의 능력으로는 알아내지 못한 사실을 말하는 탈란에게 놀라 물었다. 자신의 능력으로도 상대의 서클을 알 수 없으니 윗줄의 마법사로 오인한 것이었다.

"그는 8클래스의 대마도사요. 그러니 그가 하는 말이 맞을 것이오, 이글레시오 백작!"

"아, 그러시군요. 마법의 추종자인 이글레시오가 대마도사를 뵈오이다!"

이글레시오 백작은 8클래스를 이룬 대마도사인 탈란에게 마법사의 예를 갖추며 경건하게 인사했다.

"지금은 저것을 막는 것이 중요하니 인사는 나중에 하도록 하지. 우선 이것부터!"

탈란은 도합 세 대의 게틀링보우건을 꺼내놓은 후 장착까지 마쳤다. 그것을 보는 귀족들은 저것이 무엇에 쓰는 것인지 몰라 고개만 갸웃거리며 지켜볼 뿐이었다.

"작은 주인님, 시작됐습니다. 마나의 유동이 끝난 것으로 보아 곧 마법이 날아올 겁니다."

"그래? 막을 수 있겠어?"

"흐흐흐! 이 탈란에게 저 따위 마법진을 이용한 마법은 우스울 뿐입니다. 지켜보십시오."

"후후! 나야 탈란을 믿지."

탈란은 레오의 말에 더욱 힘을 얻었는지 성벽 위로 올라가 당당하게 어깨를 펴고 섰다. 그리고 양손으로 기이한 수인을 맺으며 캐스팅에 들어갔다.

"위대한 마나여, 나에게로 오라! 나 마법의 주인 탈란의 이름으로 명하노니 자연의 법칙을 비틀어라! 뜨거운 화염의 의지에서 태어난 죽음의 불꽃이여, 나에게로 모여들지어다!"

8클래스의 마법이 캐스팅되는 시간은 제법 오래 걸렸다. 그러나 그의 몸 주위에서 일어나는 엄청난 마나의 유동은 이글레시오 백작의 눈에 잔 경련을 일으킬 정도로 대단했다.

"오오! 8클래스의 마법을 보게 되다니……. 이제 죽어도 여

한이… 크흑! 없습니다……. 아아……."

이글레시오 후작이 눈물을 흘리며 무릎을 꿇는 것에 황자를 비롯한 귀족들은 놀란 눈으로 탈란의 너른 등판을 쳐다보았다.

고오오오오오오!

멀리 적진에서 일어난 마법진이 허공에 거대한 빛을 뿌렸다. 그리고 그곳에서 시작된 거대한 화염이 점점 압축되며 공중에서 응축되기 시작했다.

"헉! 헬파이어… 헬파이어다!"

마법을 익힌 자들 가운데 한 명이 경악성을 터뜨렸다. 헬파이어라는 마법이 얼마나 대단한 마법인지 아는 사람들은 몸을 부들부들 떨며 탈란의 캐스팅이 끝나기만 기다렸다.

"가랏! 헬파이어!"

후우우우우웅! 고오오오오오오!

마나가 증발하듯이 모여들어 하늘 위로 적진에서 만들어낸 헬파이어의 현상을 그대로 반복했다.

"오오! 헬파이어다! 헬파이어야!"

양쪽이 똑같은 헬파이어를 만들어내어 격돌하는 것이기에 요새에 있는 모든 이들은 삶에 대한 희망을 가질 수 있었다.

후아아아아아앙! 콰콰콰콰콰콰콰쾅!

양쪽에서 거의 동시에 발사된 헬파이어가 허공을 가르며

날아가 정 가운데에서 충돌을 일으켰다. 푸른 초고온의 응축된 구와 탈란이 쏘아 보낸 하얗게 보이는 구의 충돌이었다.

"으윽, 방패로 막아라!"

충돌의 여파는 엄청난 것으로 요새에까지 미쳤다. 살갗을 태울 듯이 뜨거운 열기가 덮쳐 왔고 마나의 파편들은 대기를 미친 듯이 할퀴었다.

Chapter 09
수성전

헬파이어를 준비한 갤러헤드 공작 진영은 금방이라도 요새가 무너질 것으로 기대했었다. 오랜 시간과 공을 들여 만들어낸 마법진인 탓에 모두의 이목이 그 헬파이어의 궤도에 쏠려 있었다.

콰콰콰콰콰콰콰콰콰쾅!

허공에서 충돌하는 헬파이어를 보는 그들의 눈은 경악으로 일그러지기 시작했다. 마법진을 이용해서 가까스로 만들어낸 헬파이어를 상대 진영은 보란 듯이 쉽게 펼쳐 낸 것인 탓이었다.

"으득, 공성을 준비하라!"

"배, 백작님! 적진에는 8클래스의 대마도사가 나타난 듯합니다. 그런데 공성을 해도 되는 겁니까?"

"닥쳐라! 저들도 우리와 같을 것이다. 그게 아니라면 8클래스의 대마도사가 나타났다는 것을 나보고 믿으라는 것인가!"

빌트햄 백작은 도저히 믿어지지 않는다는 얼굴로 소리를 질렀다. 자신들과 상황이 같다면 저들도 대규모 마법을 펼칠 여력은 남아 있지 않을 것이었다. 헬파이어가 막힌 지금 그것을 무마하기 위해서라도 공성을 진행시킬 생각이었다.

"소장이 나서겠습니다."

"그래, 빌라드 자작이 맡도록!"

"충! 맡겨주십시오."

빌라드 자작이라고 불린 기사는 재빨리 말에 올라 자신의 부대를 향해 나아가며 소리를 질렀다.

"2군단은 진군하라! 공성을 시작한다!"

"우와아아아아아!"

기세를 올리며 나아가기 시작하는 2군단의 병력이 공성차와 투석기, 그리고 거대 운제를 밀며 서서히 요새를 향해서 밀려 나갔다.

"훗! 오는군."

레오는 적들의 마법이 막힌 후 곧바로 공성 병기를 밀고 들어오자 싸늘한 조소를 머금었다. 비록 오늘도 많은 적들을 죽여야 하겠지만 그 정도의 업은 충분히 짊어질 용의가 있었다.

'세상을 바로 잡는 길이 이것뿐이라면… 얼마든지!'

레오는 위아래로 움직일 수 있도록 만들어진 게틀링보우건의 손잡이를 잡았다. 그리고 양옆의 탈란과 아드리아에게 고개를 끄덕이며 신호를 보냈다.

"잘 보시기 바랍니다. 이 병기를 사용하는 방법을!"

레오가 그렇게 말하며 손잡이 안쪽에 설치된 레버를 서서히 돌리기 시작했다.

끼릭! 끼리리리리리리릭!

점점 빨라지는 손의 움직임에 따라 게틀링보우건의 원통이 미친 듯이 회전했다. 그리고 그 앞부분에서 쏟아져 나오는 쿼렐들이 다가오는 적들을 향해서 쏟아져 나갔다.

투투투투투투투투투투퉁!

고작 세 대의 게틀링보우건이지만 수백 명의 병사가 속사로 쏘아내는 것 같은 위력을 보였다. 그리고 장궁으로 날릴 수 있는 사정거리를 훨씬 능가하는 거리를 날아가 적병들에게 죽음을 선사하고 있었다.

"오오! 대, 대단합니다. 대단해요. 으하… 으하하하하!"

삼황자는 레오가 처음 게틀링보우건을 보고 놀랐을 때보

다 배는 더 놀란 눈으로 파안대소를 터뜨렸다. 이미 성벽에 늘어선 병사들은 그 엄청난 위력에 얼이 빠져서 입을 헤벌리고 서 있었다.

"정신 차려라! 적병이 몰려온다!"

레오는 싸움이 시작되었는데 병사들이 그러고 있자 마나를 실어 고함을 지르며 독전했다.

"활을 들어라! 적병들이 몰려온다!"

"추웅!"

병사들은 피곤함을 한 번에 날려주는 게틀링보우건의 등장에 더욱 활기찬 몸놀림으로 활시위를 당겼다.

'저놈들부터!'

레오는 원통의 중앙에 붙어 있는 가늠좌를 통해서 적군의 움직임을 살폈다. 그 중에서 가장 선두로 치고 나오는 공성차에 붙어 있는 적병을 노렸다.

파파파파파파파파파팍!

"크악!"

"케엑!"

쿼렐에 꿰뚫린 병사들이 뒤로 팅겨져 나가며 즉사를 면치 못했다. 쿼렐의 두께가 일반적인 화살의 두 배에 달하는 것이기에 맞는 즉시 죽어나간 탓이었다.

"방패병 앞으로!"

"물러서지 마라! 전진! 전진해!"

기사들의 독전에도 공성 병기를 밀고 가는 병사들은 겁에 질려 버렸다. 제일 앞에 있던 공성차가 멈춰 버리자 그 뒤의 공성 병기들도 덩달아 멈춰졌다.

"이 새끼들이! 앞으로 가라! 안 가면 내 검에 죽는다!"

기사 하나가 독이 잔뜩 오른 음성을 토하며 멈춰선 병사의 목을 그래도 날려 버렸다.

"히익! 가, 갑니다!"

"갑니다요. 가요!"

병사들은 이래 죽으나 저래 죽으나 마찬가지 신세라는 것에 일단 공성차를 밀며 앞으로 나아갔다.

쎄에에엑! 파각!

다른 곳으로 돌려졌던 쿼렐의 쇄도가 다시 시작된 공성 병기로 쏟아지고 검으로 병사의 목을 베었던 기사의 투구에 박혀들었다.

"끄륵… 크윽!"

기사는 병사들을 독전하느라 쿼렐이 날아드는 것을 보지 못했는지 그대로 투구를 꿰뚫은 쿼렐에 의해 피분수를 뿜어내며 죽어갔다. 그 엄청난 공포감 앞에서 병사들은 두 눈을 질끈 감고 죽을힘을 다해서 공성차를 밀고 나아갔다.

"탈란!"

"네, 작은 주인님!"

"다른 사람들도 작동 방법을 알았을 테니 다른 곳에도 설치해."

"흐흐! 맡겨주십시오."

탈란이 신나서 게틀링보우건의 요새의 성벽에 하나씩 설치했다. 그럴 때마다 뒤에서 사용법을 지켜본 기사들이 한 명씩 붙으며 레오가 쏘는 대로 따라했다.

"하하하! 이거 신나는군!"

"누가 아니래. 아주 재미있어. 하하하!"

기사들은 초당 대여섯 발씩 발사되는 쿼렐의 무서운 연사속도와 반동으로 인해 충격파에 즐거운 반응을 보였다. 그리고 숫자로 찍어 누르던 적군의 우왕좌왕하는 모습에 더욱 신나 하며 레버를 돌리고 또 돌렸다.

"후후! 이 정도면 오늘은 무난하게 넘어갈 거 같군요."

레오는 자신이 쏘던 게틀링보우건을 기사에게 넘긴 후 삼황자에게 돌아왔다. 그러자 꿈을 꾸듯이 몽롱한 눈으로 전장을 살피던 삼황자는 레오의 손을 잡으며 고맙다는 말을 꺼냈다.

"내 대공의 은혜를 어찌 갚아야 할지 모르겠습니다. 고맙습니다, 정말… 너무 고마워요."

중년의 삼황자가 하는 인사에 레오는 희미한 미소를 얼굴에 지으며 고개를 끄덕였다. 하지만 이제 전쟁은 다시 시작인 것이나 마찬가지였다.

"들어가시죠. 여기는 탈란이 지키고 있을 것이니 걱정하지 않으셔도 됩니다."

"그럽시다. 내 오늘은 대공과 함께 술 한잔하고 싶으니 말입니다. 하하하!"

그동안 술도 한 모금 할 시간이 없었던 모양이었다. 다른 귀족들 역시 그간의 전투에 총력을 기울이고 있었는지 입술을 핥으며 입맛을 다셨다.

"전투가 종료되면 그때 한잔 마시도록 합시다. 지금은 병사들이 싸우고 있는데 지휘관들이 자리를 비울 수는 없으니 말입니다."

"하하! 그렇게 하시지요, 대공 전하."

"역시 대공 전하십니다."

귀족들은 갑자기 나타나 불리하던 전황을 되돌려 놓은 레오의 능력에 매료되어 그 어느 때보다 활기찬 표정으로 돌아가 있었다.

둥! 둥! 둥! 둥!

지난 저녁에 있었던 전투는 반란군의 형편없는 패배로 막을 내렸었다. 성문은 도달하지도 못하고 수천 명이 넘는 피해만 남긴 채 퇴각을 한 것이었다.

그러자 날이 밝자마자 전투를 알리는 북소리와 함께 기사단이 출동하여 요새의 앞에 늘어섰다.

"들어라! 언제까지 그렇게 쥐새끼처럼 있을 것이냐! 나오라! 나와서 나와 일검을 겨루자!"

당당하게 전마 위에서 외치는 자는 기사단의 단장이자 마스터의 반열에 오른 빌트햄 백작이었다. 그와 맞서 싸울 수 있는 마스터가 없었던 삼황자군은 계속해서 그와의 싸움을 피해왔었다.

"훗! 저 개새끼가 또 지랄이네."

"누가 아니래. 오늘은 지 죽는 날인 줄도 모르고 설치는 걸 보니 불쌍한데?"

"크크크! 이제 곧 우리 대공 전하께서 저놈의 목을 단번에 날리실 거야. 암만!"

"그렇지. 어제 자네들도 봤잖은가. 대공 전하께서 보이신 그 엄청난 마법 말이야."

탈란이 펼친 마법도 병사들에게 전해지기를 레오가 펼친 것으로 알려져 버렸다. 그들에게 필요한 것은 제국을 구할 위대한 영웅이었고 그런 까닭에 모든 업적이 그의 것으로 둔갑하고 있었다.

'세인트몽크의 전설을 얻은 것이 갤러헤드 공작이라고 했

다. 그 진전 안에 있는 것은 꽤나 뛰어난 것이라고 했었는데 말이야.'

티엔마르의 비급서 안에서도 언급이 된 바 있는 것이 바로 세인트몽크의 템플에서 사용하는 몽크들의 진법이라고 했었다. 티엔마르도 그 안에 갇히면 꽤나 애를 먹어야 했다는 것을 보면 사실인 듯싶었다.

'개개인의 능력은 잘해보야 상급의 익스퍼트들. 하지만 저들은 개인이 가진 마나를 나눠 쓸 수 있다고 했지.'

레오는 어떻게 하면 저들의 진법을 부술 수 있을까 고민했다. 그러다 한 가지 방법이 떠오르자 빙그레 미소를 지었다.

'진법의 약점은 단 한 가지……. 모든 조화가 땅 위에서만 이루어진다는 거지. 어떻게 대처하나 보는 것도 재미있겠군.'

레오는 플랑베르주를 소환하여 손에 들었다. 그리고 그대로 천마후를 터뜨리며 성벽에서 뛰어내려갔다.

"나 레오파드 비트 폰 프로렌스 대공이 출전한다! 너희의 도전을 받아주마!"

"우와아아아아아아아!"

"대공 전하께서 나가신다! 만세! 만세!"

병사들은 레오의 출전에 사기가 충천한 음성을 토해냈다. 이제까지 늘어져 있던 모습에서 탈피하여 자신들에게 승리를 안겨줄 위대한 검사의 승리를 기원하는 함성이었다.

휘이이이익! 차착!

지면에 가볍게 내려서는 레오의 움직임은 지켜보는 모든 이들을 놀라게 만들었다. 인간의 몸으로 30미터를 뛰어내리는 것은 불가능하기에 놀란 것이었다. 아마도 빌트햄 백작에게 그런 능력이 있었다면 단숨에 요새의 벽을 뛰어넘어 공격했을 것이었다.

"레오파드 대공······. 그런가······."

빌트햄 백작은 레오파드의 이름을 무척이나 많이 들었었다. 자신들의 일을 방해하는 최강의 적이었고 남부의 두 왕국과 나이츠 제국의 일도 틀어버린 이였다.

"기사단은 들으라!"

"충!"

제2기사단원들이 우렁찬 외침을 토하자 빌트햄 백작은 묵직한 음성을 토하며 명령을 내렸다.

"레오파드 대공은 비록 적이라 하나 최강의 기사로 이름을 높인 사람이다. 그러니 최선을 다해야 할 것이다."

"명!"

"개진하라!"

두두두두두두두!

기사들은 세인트몽크가 남긴 유진을 연구하여 기사들에

맞게 변형시킨 진형으로 움직였다. 그러다 어느 순간 진형이 만들어진 것에 빌트햄 백작이 외쳤다.

"기사단 진군!"

"우오오오오오!"

기사들이 일제히 말을 몰아 레오를 향해 밀려들었다. 그런 모습을 보는 레오는 플랑베르주를 빙글 휘돌린 후 마나를 움직여 앞으로 쏘아져 나갔다.

"오랏! 내가 바로 너희의 적, 레오파드 대공이다!"

후아아앙! 쎄에에에엑!

검에서 뿜어진 검환이 소용돌이치며 기사단에게로 날아갔다. 보통의 기사단이었다면 그 검환을 이겨내지 못하고 폭사했을 것이 분명했다.

"마나트랜스!"

후우우우우웅!

기사들은 기이한 방법으로 자신들의 마나를 다른 이에게 전했다. 그러자 제일 선두에서 말을 달리던 기사는 그 마나를 받아들여 상급의 익스퍼트가 사용할 수 없는 오러를 만들어 냈다.

콰앙! 파파파파팟!

검환을 막아낸 오러가 부서지며 사방으로 오러의 여파가 퍼져 나갔다. 그러나 검환 역시 사라져 버렸고 기사는 무사한 모습으로 말을 몰아왔다.

'역시. 마나를 한곳에 집중시키는 묘용이 있구나. 티엔마르가 고전을 했다는 말이 헛말이 아니었어.'

레오는 저들의 능력이 고작 저 정도는 아닐거라 생각하고 얼른 정령을 소환했다.

"노움 소환!"

후웅! 스르르릇!

귀여운 모습의 노움이 나타나 레오의 어깨 위로 올라왔다. 지금까지 많이 불러주지 않아서 뾰로통한 표정을 지었지만 하는 행동은 귀엽기만 했다.

"후후! 저들과 싸워야 한다. 내가 말할 때 나를 도와주렴, 알겠느냐?"

끄덕!

노움이 고개를 끄덕이자 레오는 코앞까지 다가온 기사의 돌진에 맞춰 앞으로 신형을 움직였다.

"소드라이너!"

후앙! 쎄에에에엑!

극도의 쾌검술이 펼쳐지고 아름다운 선이 레오와 기사단 사이에 만들어졌다. 오러로 만들어진 그 빛이 뻗어나가자 기사단원들은 또다시 마나를 전이하는 방법으로 막아냈다.

"타앗!"

파파팟!

순식간에 기사단의 공격을 피해 넘어간 레오의 움직임에 맞춰 기사들의 움직임이 기민하게 이루어졌다.

"1조 공격! 2조 마나를 넘겨라!"

빌트햄 백작의 지휘에 따라 마나를 전이시키고 공세를 담당하는 자들은 진법으로 만들어지는 힘을 모아 레오를 공격했다.

쎄에에엑!

1조의 기사들이 앞으로 달려 나오며 들고 있는 렌스를 집어 던졌다. 일정한 패턴을 갖춘 투창 공격에는 다른 기사들의 마나까지 함께 실린 탓인지 마스터들이 던져내는 위력을 선보였다.

'이거였나? 수천의 기사가 도륙당했다는 것이……'

레오는 진의 안쪽에 갇히게 되자 바깥쪽과는 느끼는 그 힘이 달라진 것을 알 수 있었다. 엄청난 압박이 밀려들고 마나의 운용이 틀려진 것을 느꼈다.

쉬잇! 투캉!

오러가 실린 검을 휘둘러 날아드는 투창 공격을 쳐냈다. 그러자 날아간 투창을 받아든 다른 기사들이 연달아 렌스를 집어던졌다. 마나가 실려 있어 위력만 뛰어난 것이 아니라 진을 이룬 이들에게는 그 어떤 충격도 주지 않으면서 렌스를 받아내고 던지는 것이었다.

'어떻게 저런 것이 가능한 거지?'

레오는 진법이 만들어낸 위력이라는 것은 알았지만 그 원리 자체는 모르고 있었다. 그저 한쪽으로 마나가 집약되고 그들이 강한 공격을 하는 것과 레오에 의해서 공세가 일어나면 공격을 받는 쪽의 기사들에게 다른 이들이 또다시 마나를 전이시키며 힘을 집중시킨다는 것 정도였다. 그리고 그들이 던지는 렌스가 기이한 움직임을 보이며 그들의 의지대로 공수를 전환시킨다는 점도 주목할 만한 점이었다.

'무슨 원리일까? 어떻게 이런 것이 가능한 거지?'

레오는 계속해서 검을 휘둘러 적들이 던지는 렌스를 쳐내고 때로는 검환을 날려 공격하며 그 원리를 파악하기 위해서 최선을 다했다.

"마나가 무한정인 것은 아니다! 조금만 더 몰아쳐라! 조금만 더!"

빌트햄 백작은 레오의 오러가 처음에 비해서 50㎝ 정도 짧아진 것에 주목했다. 계속해서 오러를 사용하다 보니 마나가 서서히 소모되고 있는 탓이었다. 그리고 또 한 가지 진 안의 마나는 진법에 영향을 받는 자신들에게만 모여들었다.

레오는 그저 몸안에 가지고 있는 마나만으로 싸워야 하는 것이기에 시간이 흐를수록 유리한 것은 자신들이었다.

"3조 방어! 7조 공격! 1조 후퇴하고 2조 전진!"

빌트햄은 미친 듯이 기사들을 지휘하여 레오를 몰아세우는 것에 열중했다. 자신이 모시는 갤러헤드 공작도 가까스로 파훼하는 것이 이 진법이니 그보다 아래로 생각되는 레오는 무조건 죽일 수 있다는 자신감으로 눈빛을 밝게 빛냈다.

쎄에엑! 쎄에에엑!

사방에서 날아드는 렌스를 피하며 한쪽을 공격하려고 하면 어느샌가 옆으로 피해내며 거리를 좁혀주지 않았다. 폭발적인 마나를 이용해 다가갈수록 걸음을 방해하는 마나의 움직임 또한 걸림돌로 작용했다.

'마나의 바다가 살아 움직이는 것 같구나. 나는 그 안에서 허우적거리는 작은 쪽배와 같은 신세이고……'

레오는 조금씩 지쳐 가는 자신을 돌아보며 마나의 의지로 움직이는 적들의 공격을 서서히 깨달아갔다. 그리고 자신이 검환을 쏘아내는 경지에서 머물고 있는 것이 마나의 의지를 깨닫지 못해서라는 것을 느꼈다.

'이대로 허물어져야 하는 것인가? 이대로……'

레오는 이전까지 자신이 세웠던 전술 따위는 까마득하게 잊어버린 채 마나의 의지에 허우적거리는 자신을 세우기 위해서 사력을 다했다. 그러자 그가 미처 깨우지 못했던 상단전이 움직이기 시작했다.

"으음……."

머리의 끝부분 두정이라고 부르는 부위가 서서히 열리고 지금껏 가둬두기만 하던 마나가 그곳을 통해서 조금씩 흘러나오는 것을 느꼈다.

'할 수 있을까? 아니, 나는 마나의 주인. 나의 의지로 마나를 움직일 것이다!'

레오는 조금씩 깨어져 나가는 상단전의 막힌 출구를 자신의 의지로 부셔버릴 수 있었다.

"가랏! 소드카이저!"

후앙! 쎄에에에에엑!

레오의 두정이 열리고 그곳에서 시작된 마나의 끈은 플랑베르주에 거대한 마나를 불어넣었다. 그리고 이어진 플랑베르주의 비행은 천마의 무예서에 나온 그대로 허공을 가르며 기사들을 향해서 날아갔다.

"피, 피해라!"

빌트햄 백작은 눈을 감고 있는 레오의 손이 움직이는 대로 미친 듯이 기사들을 썰어나가는 것에 경악했다. 그리고 이전과는 다르게 진법 안에 갇힌 레오에게로 막대한 마나가 흐르는 것을 느꼈다.

"어떻게… 저, 저것이 티엔마르의 힘이었던가……? 아아!"

너무도 경이로운 광경에 빌트햄 백작의 모든 행동이 정지되어 버렸다. 벌써 몇 명의 기사들이 레오의 검에 쓸려 나갔는지 미처 파악도 하지 못했다.

슈슈슈슈슈슈슉!

하나의 검이 허공을 가르며 날아가자 수십 개의 환영의 검이 생성되어 공간을 가득 메웠다. 그러나 그 환영의 검에 쓸린 기사들은 비명도 지르지 못하고 반으로 갈라진 채 죽어 갔다.

성난 야수처럼 날뛰었다면 모를까, 그저 고고한 학처럼 서서 춤을 추듯이 움직이는 것이 고작이었다. 그럼에도 기사단은 전멸을 당하며 찬 바닥에 쓰러지고 말았다.

"으으……."

너무도 아름다운 검무를 본 것 같은 느낌을 받았던 빌트햄 백작은 어느새 자신만 남아 있는 것을 깨달았다. 그리고 자신을 향해 겨눠진 채 허공에 둥실 떠 있는 플랑베르주의 검극이 이마를 노리고 있음을 알게 되었다.

"위대한 전설 티엔마르의 후계자를 보게 되다니……. 검을 든 자로서 영광입니다, 대공 전하!"

적이기에 과한 예의를 차릴 수는 없었지만 검의 끝을 본 이에 대한 최소한의 예우를 갖췄다.

"적으로 만나게 되어 아쉬울 뿐이오."

"허허허! 그러게 말입니다. 좋은 시절 만났다면 술 한잔하면서 검에 대해서 여쭸을 것을 말입니다."

오랜만에 만난 지기처럼 편안하게 말하는 빌트햄 백작을 보며 레오는 아쉬움을 느꼈다. 갤러헤드 공작을 따랐기에 적이 되어버렸지만 그게 아니라면 진정으로 검을 추구하는 자로서 같은 길을 걸었을 수도 있었다.

"저의 최선을 다한 일검을 보아주십시오."

"그렇게 합시다. 오시오!"

레오가 플랑베르주를 회수하여 손에 들자 빌트햄 백작은 모든 마나를 검에 실었다. 그리고 그대로 말을 박차며 날아가며 자신이 깨우친 최고의 검술을 펼쳐 냈다.

쉬쉬쉬쉬쉬쉿!

수십 개의 환상이 만들어지며 아름다운 그림을 허공중에 그려냈다. 그러나 그 어느 것 하나 진체가 아닌 것이 없는 검술이 빌트햄에 의해서 펼쳐졌다.

"가랏! 소드카이저!"

레오의 의지에 의해 발출된 검이 거대한 검의 형상으로 부풀어지며 밀려드는 환상의 검술을 부수며 나아가기 시작했다. 모든 방위를 점하며 날아드는 환상의 검술은 그 위력을 버텨내지 못하고 하나씩 꺼져 나갔다.

"크헉!"

멀쩡하게 서 있는 모습으로 서 있는 빌트햄 백작의 눈이 커다랗게 치떠졌다. 그는 세상에서 가장 아름다운 빛이 자신을 통과하는 것을 느꼈었다. 그 지독한 빛이 세포 하나하나를 관통하는 느낌은 지금까지 살아온 모든 삶을 되돌아보게 만드는 힘을 지니고 있었다.

"아아, 부디……."

말을 채 잇지 못하고 산산이 부서져 나가는 빌트햄 백작의 육신은 가루가 되어 바람에 흩날렸다. 모든 것이 가루가 되어 사라질 때까지 서 있던 레오가 플랑베르주에 손을 뻗자 어느새 날아와 그의 손에 잡혔다.

"병사들이여! 함성을 질러라! 승리는 우리의 것이다!"

"우와아아아아아아!"

"대공 전하 만세! 만세!"

쿵! 쿵! 쿵! 쿵! 쿵!

성벽에 올라서 있는 모든 병사들이 발을 구르며 만세를 외쳤다. 그 뜨거운 함성이 벌판을 가득 메우고 있는 반란군의 고개를 숙이게 만들었다.

"수고하셨습니다. 레오 대공 전하!"

빌트햄 백작을 죽이고 요새의 성벽을 날아 오른 레오를 맞이한 것은 삼황자였다. 그는 다른 귀족들의 만류에도 불구하고 제일 먼저 달려와 레오의 손을 잡으며 감사의 말을 전했다.

"후후! 감사합니다, 삼황자 전하!"

레오는 삼황자의 그 소탈하고 인간다운 면모가 좋게 느껴졌다. 황태자가 어떤 사람인지는 모르지만 이렇게 인간적인 면모를 보이지는 않을 거라고 생각했다.

"대공 전하! 지금이라도 군을 몰아서 들이치는 것이 어떻겠습니까? 망할 기사단이 대공 전하께 전멸당한 이상 한 번 해볼 만하다고 생각합니다만."

이전까지 요새의 수비를 담당하고 있던 레슬레 후작이 욕심을 내며 말했다. 그의 말대로 주장을 잃어 사기가 바닥을 치고 있는 적을 들이친다면 큰 피해를 강요할 수 있을 것이었다. 하지만 한 가지 간과하고 있는 것이 있었다.

"아직은 아닙니다. 적들은 여전히 수가 많고 우리가 나선다면 그때는 반대의 입장에서 싸워야 할 겁니다."

"으음…… 그, 그렇군요."

기병들이 힘을 발휘하는 것은 보병들에게나 가능한 것이었다. 같은 기병대 기병의 싸움은 기사들의 수와 질적인 부분에서 갈라지는 것이기에 기사의 수가 절대적으로 불리한 지금 나가서 싸우는 것은 어불성설이었다.

"하오면 어떻게 하실 생각이십니까? 원군이 올 때까지 기다리실 생각이십니까?"

조바심을 내는 레슬레 후작을 보며 레오는 고개를 저었다. 응원군이 오려면 아직도 보름은 있어야 하고 그들이 온다고 해도 정작 전쟁에 들어갈 수 있는 시기를 잡자면 20일은 흐른 후일 것이었다.

"그건 아닙니다. 조금씩 적들을 제압하는 방법을 쓸 겁니다."

"조금씩 말씀이십니까? 하지만 방법이……."

"후후! 별동대를 조직하여 움직일 생각입니다. 요새에 처박혀 있다고 생각하는 적들의 생각을 역이용하는 겁니다."

"아, 그렇군요."

별동대라면 헬파이어를 막아냈던 대마도사가 도와주면 얼마든지 적진의 뒤쪽으로 이동하여 적을 괴롭게 만들 수 있었다. 특히 군량고라도 태워 버릴 수만 있다면 적들은 물러서야 할 것이었다.

'그것만이 아니지. 재미있는 싸움을 할 수 있을 것이다……. 그것만 완성된다면!'

레오는 게틀링보우건을 보며 씨익 웃었다. 그의 생각대로 된다면 적들은 지옥을 보게 될 것이었다. 그것도 아주 빌어먹을 지옥을 말이었다.

빌트햄 백작이 죽은 그날 저녁부터 요새는 어수선한 분위기가 연출되었다. 레오에 의해서 차출된 기사들은 요새 중앙의 공터에 모여 웅성거리며 누군가를 기다렸다.

"오신다!"

"전체 차렷!"

기사들은 검은 엑시온을 착용한 레오가 나타나자 부동자세를 취하며 위대한 그랜드마스터에 오른 자에 대한 경의를 표했다. 황제라고 해도 받을 수 없을 정도로 극도의 경건함을 내보이는 것에 레오는 희미한 미소를 머금은 채 다가왔다.

"모두 준비됐는가?"

"추웅! 물론입니다!"

기사들은 레오와 함께 적진을 기습하는 임무를 맡은 것에 영광이라는 것을 얼굴에 고스란히 드러내고 있었다.

"탈란! 하나씩 나눠주도록 해."

"흐흐! 알겠습니다."

탈란은 기사들에게 하나씩의 아공간 가방을 건넸다. 영문을 알지 못하는 기사들은 그것이 무엇을 하는 것인지 알지 못했다. 하지만 레오가 나눠주는 것이니 무척이나 조심스러워하며 받아들었다.

"그것은 아공간 가방이다. 여기 있는 탈란이 만든 것으로 성벽에 배치되어 있는 게틀링보우건을 회수하여 넣어두었다."

"아, 그렇다면……."

"맞다! 우리가 하려는 것은 적진에 침투하여 게틀링보우건을 난사하고 다시 도망치는 일이다."

게틀링보우건의 사정거리는 최대 400미터였다. 유효사거리가 300미터였는데 그 정도의 거리라면 적어도 수천의 적에게 피해를 줄 수 있었다. 자다가 난데없는 퀴렐 세례를 받아야 하는 것이니 피해는 더욱 막심할 것이었다.

"몇 번 꺼냈다가 다시 집어넣는 것을 연습하도록. 바로 꺼내서 쏘고 다시 넣는 것을 연습하는 것이니 그것에 유의하도록 하고."

"추웅! 명심하겠습니다."

기사들은 레오가 생각한 작전대로 이루어진다면 적들은 엄청난 피해를 받게 될 거라 믿었다. 그리고 자신들이 빠져나가는 것은 그리 어렵지 않을 거라는 것 또한 쉽게 깨달을 수 있었다.

"게틀링보우건 소환!"

후웅! 차착!

한 기사가 아공간에서 게틀링보우건을 소환했다. 그러자 그의 앞에 나타난 게틀링보우건은 약간 틀어진 방향으로 나타났다.

"정신을 집중하고 원하는 위치를 정한 다음 소환해 보도록 해.”

“충! 알겠습니다. 소환해제! 게틀링보우건 소환!”

소환해제와 다시 소환하는 것을 반복하자 이번에는 제대로 된 위치에 완벽하게 세팅된 게틀링보우건이 나타났다.

“잘 할 수 있겠나?”

“충! 물론입니다, 대공 전하!”

“후후! 좋아. 그럼 다른 사람들도 해보도록!”

“추웅!”

기사들은 몇 번의 소환과 역소환을 반복한 후에야 자신들의 의지대로 되는 것에 흡족한 미소를 지었다.

“후후! 그럼 가볼까?”

“준비됐습니다. 작은 주인님!”

탈란은 어느새 마법진을 완성한 후 다가왔다. 그가 만들어 놓은 마법진은 포탈 마법진으로 원하는 위치까지 커다란 문을 만들어주는 것이었다. 시간이 지속되는 동안에는 얼마든지 많은 인원이 통과할 수 있지만 그에 비해서 마나의 소모량은 상당히 극심한 마법이었다. 개인이 사용하기에는 너무도 힘든 것이지만 또 탈란이기에 쓸 수 있는 방법이었다.

“포탈 개방!”

후웅! 지이이이잉!

탈란에 의해서 만들어진 포탈이 밝은 빛과 함께 열리자 반대쪽에 서 있는 요염한 아드리아의 모습이 포탈 사이로 보였다. 이미 대응 마법진을 아드리아가 만들어 놓은 것이었다.

'후후! 화끈한 밤을 만들어주마.'

레오는 적들이 더는 버티지 못하고 도망가게 만들 생각이었다. 최후의 결전은 갤러헤드 공작이 버티고 있는 루퍼트 제국의 황성에서 할 생각이니 최대한 피해를 줄이는 것에 초점을 둔 싸움을 할 것이었다.

Chapter **10**
파죽지세

　협곡의 요새에 삼황자군을 가둬둔 상황인 탓에 빌트햄 백작이 죽었어도 반란군의 동요는 그리 크지 않았다. 전장에서 엄청난 위력을 보였다고 해도 삼황자군의 숫자는 너무 적었기에 아직은 버틸 만하다는 생각이 팽배했기 때문이었다.

　"아함! 졸립다."

　"으갸갸! 곧 교대할 시간이지?"

　"캭! 퉤! 이 뒤쪽으로 누가 공격해 올 거라고 보초를 세우는지 원…… . 안 그래?"

　"시키면 시키는 대로 해야 오래 사는 지름길이야. 우리 같은 말단 병사들이 무슨 힘이 있다고."

"흐흐! 하긴 그래."

병사들은 고즈넉한 들판을 바라보며 졸음을 쫓기 위해 잡담을 늘어놓았다.

"자, 잠깐만……."

"왜? 뭐 발견한 거라도 있어?"

"저, 저길 봐!"

놀란 병사의 손길을 따라 시선을 옮긴 또 다른 병사는 멀리 지평선의 끝에서 어슴푸레한 것들이 움직이는 것을 보았다. 그 숫자는 그리 많지 않았지만 그 움직임은 인간이라고 보기 어려울 정도였다.

"저, 적이다! 비상 뿔고동! 비상 뿔고동을 불어야 해!"

"여기!"

뿌우우우웅! 뿌아아아앙!

적의 침입을 알리는 비상 뿔고동이 병사에 의해서 불어졌다. 그러나 채 몇 번을 불기도 전에 그들은 차가운 무언가가 날아와 박히는 것을 느껴야 했다.

"케엑!"

"끄륵!"

목에 틀어박힌 차가운 쿼렐을 부여잡고 쓰러지는 병사들이 채 바닥에 닿기도 전에 레오와 기습 작전에 동원된 기사들이 속속 도착했다.

"준비해!"

"충!"

기사들은 일렬로 늘어서며 아공간 가방에서 게틀링보우건을 소환했다.

"적이다!"

"어디야 어디?"

우왕좌왕하는 병사들이 군막에 불을 밝히고 창검을 들고 뛰쳐나왔다.

"발사하라!"

"추웅!"

투투투투투투투투투투투투퉁!

미친 듯이 게틀링보우건을 난사하는 100명의 기사들에 의해 수백 발씩 쿼렐들이 반란군 진영을 휩쓸어 갔다.

"크억!"

"피, 피해라! 적군의 기습이다!"

병사들은 영문도 모르고 죽어나가고 몇몇 기사들이 게틀링보우건의 공격임을 알아보고 외쳐 댔다.

"북쪽에 적의 기습이다. 적습을 막아라!"

"맞대응하라! 활을 쏴라! 쏴라!"

기사들이 끼어들자 혼란은 수습되었지만 짧은 공격에 의

해 천여 명이 넘는 병사들이 죽어나갔다. 그리고 쿼렐이 박힌 군막에서는 화염이 치솟으며 진영이 온통 불바다가 되어갔다.

"작은 주인님, 이만 물러나야 합니다."

"그래야지. 모두 정해진 곳으로 철수한다. 서둘러!"

"추웅!"

기사들은 설치했던 게틀링보우건을 거둬들이며 얼른 아공간 가방을 들쳐 메고 레오를 따라 뛰었다. 헤이스트 마법이 걸려 있어 전마에 준하는 스피드로 달리는 그들은 추격해 오는 수천기의 기병들을 피해 미친 듯이 달려야 했다.

"잡아라! 반드시 잡아야 한다!"

기병대를 이끄는 기사의 외침에 그를 따르는 수천기의 기병들은 갑옷도 제대로 갖추지 못한 모습으로 추격에 나섰다.

"헉! 헉!"

"힘들더라도 속도를 늦추지 마라. 조금만 더 가면 된다!"

레오의 독려에 기사들은 젖먹던 힘까지 쏟아부어 가며 부지런히 발길을 놀렸다. 그러자 반란군의 진영에서 2킬로미터 정도 떨어진 곳까지 도망갈 수 있었다.

[적들이 온다. 준비해!]

레오가 전음으로 알리자 미리 대기하고 있던 남은 100명의 기사들이 나뭇가지로 가리고 있던 것을 치웠다. 그러자 수천

자루의 장창을 꽂아 기병들이 돌파하지 못하게 만든 간이 엄폐물이 나타났다.

"뛰어!"

파팟! 파파파팟!

달리는 힘을 이용하여 그대로 장창을 뛰어넘은 기사들이 속속 대기하고 있던 동료들 사이에 자리를 잡았다.

"아드리아!"

"호호홍! 걱정 마세요. 바로 시작할게요."

아드리아는 레오가 부르자 곧바로 미리 준비해 놓은 마법진에 마력을 불어넣었다. 자신의 장기라고 할 수 있는 환상을 일으키는 마법진을 활성화시킨 것이었다.

"됐어요!"

아드리아가 활성화를 마칠 때 3천 기가 넘는 기병대가 들이닥쳤다.

"크히히히히힝!"

"워워! 왜, 왜이래!"

"진정해! 진정하라고!"

기병들은 갑자기 어느 지점으로 들어서자 말들이 미친 듯이 날뛰는 것에 대경실색했다. 선두의 움직임이 어지러워지자 뒤에 따르던 기병들 역시 마찬가지의 모습으로 변해갔다.

"지금이다! 발사!"

투투투투투투투투투투퉁!

간이 엄폐물에 몸을 맡긴 채 기사들은 또다시 게틀링보우건으로 혼란에 빠진 기병들을 사냥하기 시작했다. 도합 100명의 기사가 쏘아내는 쿼렐들은 1초에 1천 발이 넘게 날아가 기병들에게 지옥을 맛보게 만들었다.

"퇴, 퇴각하라! 속히 빠져나가라! 어서!"

이 말도 안 되는 상황에 처하게 되자 기병들을 이끄는 지휘관은 퇴각 명령을 내릴 수밖에 없었다. 이미 뒤쪽에서는 정신을 차린 보병대가 달려오고 있으니 그들과 합류하여 적들을 제압하는 것이 최선이었다.

두두두두두두!

고작 1천 기도 살아 돌아가지 못한 것을 보며 레오는 비릿한 조소를 머금었다.

"탈란, 그만 가자고."

"네, 작은 주인님!"

탈란은 보병대가 들이닥치기 전에 기사들과 함께 요새로 돌아오기 위해 포탈을 열었다. 넘치는 마력을 유감없이 사용한 그의 마법 덕분에 기사들은 한 명의 피해도 없이 요새로 귀환할 수 있었다.

'적에게 더 이상 남은 기마 전력은 없다.'

레오는 사흘 동안 게릴라전을 펼쳐 거의 대부분의 적 기병대를 쓸어낼 수 있었다. 첫날의 피해 덕분에 둘째 날은 추격을 포기한 적들에게 퇴각하지 않고 진영을 빙빙 돌며 피해를 강요했기에 결국 그것을 참지 못하고 기병대가 뛰쳐나왔었다.

셋째 날은 노음을 이용하여 적진 깊숙이 파고 들어가 중앙에서 게틀링보우건을 난사한 후 퇴각하는 것으로 마무리했었다.

"레슬레 후작님."

"하명하십시오, 대공 전하!'

레슬레 후작은 기사들에게 지난 사흘 동안의 전과를 전해 듣고 레오를 검술만 강한 기사에서 전술도 훌륭하게 사용하는 뛰어난 용장이라 여기고 있었다.

"슬슬 적들을 밀어낼 시간이 왔다고 생각하는데 후작님은 어떤가요?'

레슬레 후작은 레오의 물음에 호탕하게 가슴을 치며 대답했다.

"바라던 바입니다. 저에게 맡겨주십시오. 당장에라도 기병대를 이끌고 나가 적진을 뒤흔들어 놓겠습니다."

적진에는 이제 기사들의 전력 외에는 거의 대부분의 기마전력이 사라진 상황이었다. 그런 상황에서 요새 안에서 대기하고 있던 기병 1만이 뛰쳐나가 적진을 공격한다면 제법 쏠쏠한 전과를 기대할 수 있을 것이었다.

"후후! 그럼 오늘 밤 날이 저물면 기병대를 이끌고 요새에서 출전하도록 하세요. 물론 나와 기사들은 전날처럼 적들을 괴롭히는 척할 겁니다."

"아, 그렇다면……."

"우리에게로 적의 이목이 쏠려 있을 때 몰래 요새의 문을 열고 나와서 뒤를 기습하면 됩니다."

"아아! 정말 대단하십니다. 하하하하!"

레슬레 후작은 적들의 생각을 계속해서 역으로 치고 들어가는 레오의 전략에 감탄했다. 아마 오늘도 레오가 공격을 가하면 적들은 방패병을 비롯한 중장갑 보병대를 뒤로 보내 레오를 잡기 위해 나설 것이었다.

그들이 자리를 비운 사이 뒤에서 기병으로 급습하면 최소한의 피해로 적진을 뒤흔들 수 있었다.

"그럼 그렇게 알고 준비를 부탁합니다."

"하하! 소작에게 맡겨주십시오."

레슬레 후작의 인사를 받으며 레오는 성벽으로 올라섰다. 오늘도 적들은 간밤의 피해를 화풀이라도 하려는 듯이 계속해서 공성 병기를 밀고 들어왔다.

'게틀링보우건은 오늘 사용하면 끝이겠군.'

일반적인 쿼렐은 게틀링보우건으로 사용할 수 없었다. 그 규격이 틀린 탓에 제대로 된 위력이 나오지 않기 때문이었다. 하여 오늘 밤의 전투가 마지막으로 게틀링보우건은 더 사용할 수 없게 되어버렸다.

"대오를 정비하라!"

사흘 동안 심각한 타격을 받은 반란군의 수뇌부들은 2만의 중장보병을 뒤로 빼서 적들의 공격을 막을 생각이었다. 거기다 먼 거리까지 척후를 내보내 레오와 그 기사들의 기습을 미리 예방하고자 하는 노력도 기울였다.

투툭! 투두두둑!

보병대가 눈을 부릅뜨고 지키고 있는 곳에서 그리 멀지 않은 곳에서 땅바닥이 조금씩 꺼져 내렸다. 그리고 그곳에서 빼꼼히 고개를 내미는 레오는 근처에 있는 보초에게 은밀히 다가갔다.

"끄륵……."

순식간에 나타나 목을 베어내는 레오를 발견했을 때는 이미 시선이 땅바닥과 부딪히고 있었다. 그렇게 보초를 제거한 레오는 자신이 빠져나온 곳을 향해서 손짓했다.

"바로 준비하도록!"

"추웅! 게틀링보우건 소환!"

후웅! 차착!

나오는 순서대로 게틀링보우건을 꺼내는 기사들의 행동은 무척이나 은밀하고 재빨랐다.

"저, 적이다!"

"중장보병대, 적을 막아라!"

시간이 촉박함에도 미리 대응준비를 마친 중장보병대는 두꺼운 철판을 카이트실드에 두른 채 대오를 갖추고 전진했다. 둥글게 원을 그리듯이 포위한 그들에게 게틀링보우건을 쏜다고 해도 그리 큰 타격은 주지 못할 것이었다.

'후후! 단단히 준비를 했군.'

레오는 중장보병에 이어 그 뒤를 궁병대가 따르는 것에 하얀 이를 드러내며 웃었다. 궁병까지 후방으로 돌렸을 정도라면 전방에는 그리 많은 병력이 없을 터였다.

"모두 준비하라! 우리가 얼마나 버텨주는가에 따라 오늘 작전의 성패가 달려 있으니!"

"추웅!"

기사들은 오늘 여기서 죽는다고 해도 여한이 없었다. 지난 사흘 동안 벌인 작전은 그들에게 너무도 큰 영광으로 남을 것이었다.

"노움! 우리 주변에 흙으로 벽을 만들어다오."

후우웅! 드드드드득!

노움은 곧장 레오와 그 휘하의 기사들이 있는 곳 앞에 제법 높은 흙벽을 쌓아올렸다.

상단전이 열리고 자연의 마나를 끌어다 쓸 수 있게 된 이후 하급 정령인 노움은 상급의 정령과 같은 힘을 쓸 수 있도록 진화했었다.

덕분에 너무도 쉽게 방어막을 만들어낸 레오는 중장보병의 진군을 맞이하며 외쳤다.

"발사하라! 반드시 살아남아야 한다. 알겠는가!"

"추웅!"

기사들은 복명과 함께 미친 듯이 레버를 돌리며 게틀링보우건을 난사하기 시작했다. 그들의 공격에 직면한 중장보병들은 방패를 앞세운 채 그 공격을 막아내며 서서히 밀고 나왔다.

"성문을 열어라!"

레슬레 후작은 저 멀리서 전투가 벌어지는 소리를 들으며 명령을 내렸다. 투레를 물고 있는 전투마에 올라탄 그는 갑옷에 새까맣게 칠을 하여 최대한 빛을 반사시키는 모든 것을 막았다. 그 뒤를 따르는 기병들도 같은 모습을 하고 있었기에 은밀하게 성문을 빠져나갈 수 있었다.

'이 정도라면… 충분하겠군.'

발굽소리도 줄이기 위해 굵은 천으로 발굽을 싸맸었다. 덕분에 느리게 이동하게 됐지만 후방에 정신이 팔려 있는 적군에게 들키는 것은 면할 수 있었다.

'허허! 어떻게 이런 것이 가능한 것인지 모르겠군.'

기병들이 들키지 않는 가장 큰 이유는 탈란의 안개 소환의 덕도 컸다. 요새의 주변에만 자욱하게 긴 안개 탓에 기병들이 빠져나가는 모습을 최대한 감출 수 있었던 것이었다.

'500미터……. 이 정도면 충분하다!'

말이 전속력으로 달려가는 속도라면 500미터는 25초 정도면 돌파가 가능했다. 그 안에 적병들이 발견하고 대응한다고 해도 화살을 쏠 수 있는 기회는 두 차례 정도에 불과했다.

"전군 돌겨억!"

레슬레 후작은 마나를 실어 우렁찬 외침을 토했다. 그러자 지금까지 조심스럽게 나왔던 기병들이 일제히 말을 몰아 앞으로 내달렸다.

"와아아아아! 돌격이다!"

"적군을 도륙하라! 돌격!"

기병들은 그리 많지 않은 병력만이 지키고 있는 적진의 최전방으로 일제히 쇄도해 들어갔다.

"크로스보우 준비!"

차차차차차차차차착!

기병들이 가장 유용하게 사용하는 병기가 바로 크로스보우였다. 비록 한 발을 날리면 쓸 수 없는 무기지만 적군의 궁병들에게 타격을 가하여 조금이라도 생존을 높이게 만드는 최고의 병기였다.

"발사!"

피피피피피피피핑!

1만의 기병들이 달려 나가며 방어에 나선 수천의 적병에게 크로스보우를 발사했다. 거의 일직선으로 날아가 박히는 쿼렐에 의해 수백 명이 넘는 병사들이 쓰러져 나갔다.

"렌스 앞으로!"

레슬레 후작의 지휘하에 기병들은 일사분란하게 전투에 나섰다. 이미 우왕좌왕하고 있는 적병들은 후방으로 보냈던 부대들을 급히 기병대를 막기 위해 소환하는 뿔고동을 부르고 야단법석을 떨었다.

"장창부대는 뭐하는가! 방어 진형을 갖춰라! 어서!"

대기병용 장창을 준비하여 나오는 병사들이 대오를 갖추기도 전에 레슬레 후작의 렌스가 그들을 향해 파고들고 있었다.

콰지직!

렌스가 부서져 나가며 병사 한 명이 그대로 꿰뚫린 채 허공을 격하고 뒤로 날아가 처박혔다.

부앙! 부우웅!

렌스를 버리고 커다란 투핸드소드를 휘두르는 레슬레 후작은 성난 사자처럼 혼비백산한 적병들을 도륙하기 시작했다. 그리고 그것은 다른 기병들도 마찬가지였는데 지난 오랜 싸움에서 패배했던 것을 만회라도 하려는 듯이 미쳐 날뛰었다.

투투투투! 철컥! 철컥!

게틀링보우건에서 더 이상의 쿼렐은 날아가지 않았다. 모든 쿼렐들을 모두 소진한 기사들은 몰려오는 적들을 응시한 채 검을 뽑아 들었다. 두터운 방패를 들고 아공간 가방은 바닥에 내려놓은 채 이를 앙다물었다.

"두려워하지 마라! 너희의 뒤에는 내가 있다!"

레오는 노움이 만들어낸 높은 흙탑 위에서서 외쳤다. 그의 외침에 용기를 얻은 기사들은 비록 200명밖에 안되지만 수만의 적군을 오시하며 강렬한 투기를 발산해냈다.

"오라! 우리가 바로 루퍼트의 기사들이니라!"

"모두 죽여주마, 배덕자들이여!"

기사들의 꺾이지 않는 투혼에 병사들은 가슴이 서늘해졌다. 하지만 자신들은 그 수를 헤아리지 못할 정도로 많았고 적은 고작해서 200여 명에 불과했다.

"공격하라! 공격!"

"적은 기껏해야 200명이다! 겁먹지 마라!"

선두에서 달려오는 기사들이 소리를 지르며 레오의 기사들을 공격했다. 그들은 낮은 담장처럼 둘러진 흙벽을 뛰어 넘으며 그대로 검을 찔러 넣었다.

투캉! 카카카캉!

기사의 검이 부딪치고 힘과 힘, 그리고 용기와 투혼이 강렬하게 맞섰다.

"죽어라! 반란의 무리들아!"

레오의 기사들은 방패를 이용하여 적의 공세를 막아내며 최대한 적들이 흙벽을 넘어오지 못하게 하려고 최선을 다했다.

"마법사들은 뭐하는가! 저 흙벽을 무너뜨려라! 어서!"

귀족들은 마법사들과 최정예 기사들의 호위를 받으며 달려왔다. 어느새 레슬레 후작이 공격하는 전방을 막는 부대와 레오와 그 기사들을 잡기 위해 달려온 부대로 나뉜 반란군은 주요 전력이 레오 일행에게 집중되어 있었다.

"플레임캐논!"

"파이어버스트!"

후웅! 슈슈슈슈슈슝!

수십 명의 마법사가 레오 일행이 버티고 있는 흙벽 안으로 마법을 쏘아냈다. 화염과 뇌전, 그리고 바람이 뭉쳐져서 날아오는 것에 레오는 미간을 모았다.

'감히! 마법으로!'

레오는 날아오는 마법을 예전과는 다른 눈으로 볼 수 있었다. 예전에는 그저 날아오는 것만 보였다면 이제는 상단전이 열리면서 얻게 된 심안으로 마나의 끈이 마법력에 연결되어 있음을 알 수 있었다.

"가랏! 소드라이너!"

슈앙! 쎄에에에엑!

레오의 손에서 떠난 오러의 검이 그대로 허공을 가르며 마법력에 맞섰다.

"이, 이럴 수가……."

"사, 사술이다!"

마법사들은 검이 허공을 날아다니며 마법력과 연결된 마나의 의지를 끊어내는 것에 경악했다. 의지가 끊어진 마법력은 허공중에서 소멸되거나 잘라진 순간 강한 폭음과 함께 터져 나간 것이었다.

"크아악!"

"부, 불이다!"

중간에 끊어진 덕분에 병사들의 머리 위로 쏟아져 내리는 불길은 애먼 반란군 병사들에게 재앙이 되어 돌아갔다.

"상관치 말고 마법을 날려라! 언제까지 막아내지는 못할 것이니! 사소한 희생을 겁내지 마라!"

귀족 하나가 바락바락 소리를 내지르며 마법병단에 공격하라 독촉했다. 그의 명령에 마지못해 마법병단의 마법사들은 다시 마법을 캐스팅하며 재차 공격에 나섰다.

'저놈을 죽여야겠군.'

기사들은 사력을 다해서 흙벽을 넘어서는 적군을 막아내고 있었다. 당분간은 어려움이 없을 듯한 것에 레오는 그대로 바닥을 박차고 공중으로 솟구쳐 올랐다.

"네놈부터 죽여주마! 차앗!"

레오와의 거리가 상당히 떨어진 탓에 안심하고 있던 귀족들은 레오가 날아오르며 일직선으로 쏘아오자 대경실색했다.

"싸우려면 네놈들이 앞장서서 싸워라. 감히 병사들의 죽음의 사소한 희생이라 일컫는 네놈부터 말이다!"

천마후를 이용해 터뜨리는 레오의 목소리는 전장을 뒤흔들었다. 그 목소리를 들은 반란군의 병사들은 더욱 사기가 떨어져 내렸다. 귀족들이 자신들의 목숨을 버러지만도 못한 취급을 한다는 것이 그 이유였다.

'네놈부터!'

레오는 그대로 검과 하나가 되어 허공을 가르며 날아갔다.

그러자 귀족들은 마법사와 호위기사에게 소리를 질렀다.

"머, 막아라!"

"마법을 시전하라! 어서!"

후앙! 슈슈슈슈슈슝!

레오를 잡기 위해서 날아드는 수많은 마법력들이 허공에 화려한 불꽃의 축제를 만들어냈다. 너무나도 아름다운 그 향연에 오로지 한 자루의 검을 들고 나선 레오의 모습이 도리어 초라해 보일 지경이었다.

"부서져라! 소드레이닝!"

후우웅! 슈슈슈슈슈슛!

레오의 플랑베르주에서 수백 개의 검의 환영이 만들어졌다. 그대로 다가오는 마법력을 향해 쏘아져 나가는 검의 환영들은 각기 살아 움직이며 자신의 주인을 대적하는 것들을 부수기 시작했다.

콰쾅! 콰드드드드등!

공중에서 화려한 폭발이 일어나고 거대한 화염이 충만한 공간을 레오가 가로질러 나아갔다.

'저기 있군.'

이미 마법사들은 안중에도 없었다. 오로지 기사들에 둘러싸인 채 고래고래 소리를 지르는 귀족의 입, 아니 그가 생각하기에는 주둥아리만도 못한 더러운 것만이 눈에 들어왔다.

"죽어라, 이놈!"

레오는 분노를 실어 검을 쳐냈다. 그러자 검이 허공중에 하나의 선을 그리며 귀족의 입에 처박혀 버렸다.

"끄으⋯⋯."

부릅떠진 눈을 감지도 못한 채 부들부들 떨리는 손길로 레오만 가리키던 귀족이 죽어 나갔다.

"다음은 누구냐! 적아를 구분치 않고 병사들 또한 네놈들이 귀히 여겨야 할 백성들임이 분명하거늘! 사소한 피해를 두려워말라고 하는 자 누구인가!"

레오의 분노가 전장을 쩌렁쩌렁 울렸다. 그의 목소리를 듣는 반란군 측의 병사들은 멍하니 하늘을 쳐다보았다.

"아아⋯⋯."

"저, 저분은⋯⋯."

병사들은 그제야 자신들을 위해서 분노해 줄 고귀한 자가 나타났음에 눈물을 머금었다. 그리고 가슴이 먹먹해지는 기분에 싸움에 대한 의지마저 잃어가고 있었다.

"공격하라! 머뭇거리는 놈은 내 검이 용서치 않을 것이다!"

기사 중에 하나가 독전을 하기 위해 소리를 질렀지만 그는 그 말 한마디로 인해 생이 마감될 줄은 몰랐을 것이었다.

"다음은 네놈인가! 죽어라!"

슈앙! 콰득!

날아든 검에 머리가 터져 나가는 기사를 보며 독전하려던 기사들이 우뚝 멈춰서 버렸다.

"그러고도 네놈들이 기사라고 할 수 있더냐! 네놈들이 기사서임을 받을 때 했던 맹세를 기억하라! 너희는 기사의 자격을 잃어버렸다! 나라를 지키고 힘없는 자를 위해 싸우겠다는 맹세를 잃어버린 네놈들은 더 이상 기사가 아니니라!"

강렬한 일갈이 다시 한 번 전장을 뒤흔들고 잊고 살았던 기사의 맹세를 떠올린 기사들은 부끄러움에 고개를 떨궜다.

"더 이상의 항전은 무의미할 것이다. 이 자리에서 저항하는 모든 귀족과 기사들은 도륙할 것인 바! 항복하지 않는 자는 죽으리라!"

레오의 선언에 귀족들은 공포에 질려갔다. 그 누구도 상대할 수 없는 대적불가의 존재를 피해 도망가고 싶은 마음뿐이었다.

"검을 던져라! 그 길만이 살 수 있으리라! 그리고 병사들은 들을지어다! 너희의 생명과 자유는 나 레오파드 대공의 이름으로 보장한다. 항복하라! 힘없는 백성을 구하겠다고 맹세했던 기사의 맹세로서 약속하리라!"

레오의 선언에 병사들 중에 눈물을 흘리고 있던 이들이 제일 먼저 들고 있던 창을 던졌다.

"항복하겠습니다, 레오파드 대공 전하!"

"대공 전하시여! 부디 항복을 받아주소서!"

병사들이 무릎을 꿇고 엎드렸다. 그런 그들을 막아야 할 기사들 역시 부끄러움에 차마 검을 휘두르지 못하고 입술을 질 경 깨물었다.

"으으, 도망가야 한다, 도망을……."

"가, 같이 갑시다."

귀족들 중 일부가 도망가기 위해 북쪽으로 말을 돌렸다. 그들을 따라 나서는 소수의 기사들을 제외한 나머지는 하나둘씩 던지는 무기를 뒤로한 채 항복을 표시하며 무릎을 꿇었다.

단 한 사람에 의해서 정리되어 버린 전쟁터는 요새를 박차고 나온 삼황자와 그의 군대로 인해서 북새통을 이루었다.

"오오! 역시 대공이십니다. 저 많은 병사들에게 항복을 받아내셨으니 말입니다."

삼황자는 레오의 손을 잡으며 감격한 눈빛으로 응시했다. 그도 요새의 성벽 위에서 레오가 터뜨리는 천마후를 들으며 가슴 속 깊이 묻어두었던 젊은 날의 맹세를 다시 한 번 떠올렸다.

그리고 그때는 분명 그렇게 살 거라 했는데 지금은 어떻게 살고 있나 하는 뼈저린 반성을 했었다.

"그리고 그 말씀들을 결코 내 잊지 않겠습니다. 백성을 귀히 여겨야 한다는 그 말씀을 말입니다."

황자의 진심 어린 약조에 레오는 빙그레 미소를 지었다. 이렇게 뛰어나고 자상한 사람이 황제가 된다면 루퍼트 제국도 그리 오래가지 않아서 원래의 모습을 되찾을 거라는 생각이 들었다.

"삼황자 전하께서는 저들을 모두 전하의 병사들로 만드셔야 합니다. 그러기 위해서는 결코 황자의 권위를 내세워서는 안 될 것입니다."

"네, 그리하겠습니다."

"그리고 또 한 가지, 처음과 나중이 달라서는 안 된다는 것을 잊지 마십시오."

"아, 그렇게 하겠습니다."

처음과 나중이라는 말에 내전이 종식되고 난 후에도 한결같기를 주문하는 거라 받아들였다. 그 말의 의미를 깨달은 삼황자는 확고한 어조로 대답하며 레오의 손을 잡았다.

'잘하겠지. 황제가 되는 것은 나중에 알아서 해결할 문제고.'

레오가 직접 나서서 황제를 옹립하는 일 따위는 없을 것이었다. 그것은 그들이 알아서 해결해야 할 문제였고 이번 반란을 통해서 참다운 군주의 모습을 백성들에게 보인 자가 황제의 위에 올라서게 될 것이었다.

'이제 여기가 정리되면 곧바로 북진을 해도 되겠군. 병사도 회유하면 10만을 넘어서는 것이니.'

이번 전투로 인해서 죽은 적병의 수가 3만을 넘어섰다. 그래도 살아남은 병력과 요새의 남부군을 합하면 15만에 이르는 대병이 구성되는 것이었다.

물론 항병들이 얼마나 자발적으로 삼황자를 따르느냐에 따라 달라지겠지만 오늘의 분위기로 보아서는 열렬하게 삼황자를 따를 것 같았다.

'후우, 이제 마지막인가? 갤러헤드 공작이라…….'

이번에 죽인 빌트햄 백작은 고작해야 제2기사단의 단장이었다. 갤러헤드 공작의 수하들 중에는 다섯 손가락 안에 꼽히는 자라고는 해도 여전히 적의 세력은 강성했다.

지이잉!

품 속에 넣어두었던 마법수정구가 울리는 것에 레오는 얼른 마나를 주입했다.

"누구십니까?"

─아! 나 발머일세. 조카사위!

"후후! 가셨던 일은 잘되신 겁니까?"

─물론일세. 내가 누군가? 발머야, 발머! 하하하하!

발머는 후튼 공국의 공왕과의 싸움에서 가뿐하게 이기고

후튼 공국을 멸명시켜 버렸다. 이제 그가 합류하게 되었으니 싸움은 더욱 재미있게 이루어지게 될 것이었다.

'정말 기대되는군. 갤러헤드 공작과의 싸움이……'

레오는 곧 만나게 될 갤러헤드와의 싸움을 기대하며 요새로 돌아갔다. 이대로 북진한다면 조만간 루퍼트 제국의 황성에서 만나게 될 것이었다.

Chapter 11
갤러헤드 공작

　동으로는 나이츠 제국의 병력 지원을 받은 발머의 군대가
서진을 시작했다. 그리고 남쪽에서 악전고투하던 삼황자의
군대가 레오의 도움을 받아 대병력을 이룬 채 북진했다. 거기
다 두 왕국의 원병까지 더해지자 도합 60만의 대병력과 싸워
야 하는 갤러헤드 공작은 골치가 아파왔다.

　"아르센드 공작은 어찌한다고 하더냐?"

　머리카락은 하얗게 변해 있었지만 얼굴의 피부는 팽팽하
여 이십대의 젊은 사내를 보는 것 같은 묘한 사내가 황좌에
앉아 있었다. 바로 갤러헤드 공작으로 그 나이는 팔십 세를

넘어선 노회한 인물이었다.

"아르센드 공작은 폐하의 명을 거역했사옵니다."

"크크크! 감히 그 쥐새끼 같은 놈이 내 명을 거역해? 배짱이 좋은 것인가? 아니면 멍청한 것인가?"

"그것이… 삼국의 원군이 속속 동부와 남부에서 밀려오는 것이 알려진 탓에 그런 것으로 아옵니다."

아르센드 공작은 북부에서 일어나 거의 모든 땅을 차지했던 갤러헤드도 쉽게 정벌하지 못한 세력을 이루고 있었다.

"흐음……. 아르센드 그자만 나를 돕는다면 저들의 도발쯤은 쉽게 막을 수 있을 것인데 말이야."

"하오시면 아르센드 공작에게 왕작을 내리시면 어떻겠사옵니까? 그 욕심 많은 늙은이라면 왕국을 세우는 것을 허락하겠다고 하시면 죽기 살기로 싸울 것이 분명하옵니다."

"그럴까?"

"그자의 평소 성정으로 보아 분명할 것이옵니다."

휘하의 책사가 하는 말에 갤러헤드 공작은 고개를 주억거리더니 명령을 하달했다.

"이번 일은 모헨 백작이 맡아서 해결해 보도록 해. 아르센드 그놈이야 쥐새끼들을 모두 잡고난 후 처리하면 될 테지."

"흐흐! 맡겨주십시오, 폐하!"

"크크크! 그 사람하고는……."

갤러헤드 공작은 계속해서 폐하라고 부르는 모헨 백작의 말에 기분 좋은 미소를 흘리며 자리에서 일어났다.

"그럼 수고들 하게. 난 가봐야 할 곳이 있어서 말이야."

"네, 폐하!"

갤러헤드 공작은 휘하의 귀족들을 남겨둔 채 황궁의 지하 밀실로 향했다. 그가 가는 곳은 장악한 이후 다른 이들이 접근하지 못하게 만든 금지였다.

후웅! 드드드드등!

마법진에 손을 대자 열리는 문을 통과하여 갤러헤드 공작은 아무런 호위도 받지 않고 홀로 걸음을 옮겼다.

"어서 오십시오, 전하!"

갤러헤드를 맞이하는 자는 검은 로브를 걸친 자로 마신을 섬기는 흑마법사였다. 흑마력을 쌓아 자신의 능력을 얻는 정통 흑마법사에 비해 마신이나 마족과 계약을 맺고 힘을 얻는 흑마법사들은 그 어디서나 배척을 받는 최악의 무리로 인식되는 자들이었다.

"고생이 많군. 그래, 어느 정도 진척은 있었는가?"

갤러헤드는 수많은 흑마법사들이 둘러싸고 흑마력을 주입하는 것을 보며 물었다. 그의 눈에 들어오는 장면은 굉장히 그로테스크한 것으로, 붉은 수정구 안에 한 사람의 영혼이 갇혀 있었다.

'저자의 능력만 내가 흡수할 수 있다면… 백만 대군이 두려울까. 흐흐흐!'

사람들은 모르고 있는 전설의 이면을 세인트몽크가 남긴 글에서 알아낸 갤러헤드 공작은 평생을 걸쳐 그 이면을 추적했었다.

그리고 얼마 전 그 이면의 주인공을 깨우는 것에 성공했었다. 하지만 그는 자신에게 힘을 주는 것을 거부했고 그 결과가 눈앞에 보이는 장면이었다.

"영혼의 상태인지라 저희도 꽤 힘들게 제압하고 있습니다. 하지만 곧 결과가 나올 것이니 안심하십시오."

"흐흐! 시간이 없으니 최대한 노력해 주게. 내 이 일만 성공시킨다면 자네들에게 자유를 줄 것이니."

"염려 마십시오. 반드시 그리될 것입니다."

흑마법사들의 수장이 대답하는 것에 갤러헤드 공작은 다시 한 번 수정구 안에서 괴로움에 몸부림치는 영혼을 살폈다.

'그 누가 알았겠는가. 티엔마르와 그 일행들 말고도 또 다른 전설 하나가 이 땅에 넘어왔었음을 말이야. 그리고 그가 티엔마르와 쌍벽을 이루는 절대자였음이니…….'

고대의 전설 티엔마르와 쌍벽을 이루었던 블러드엠페러의 모습을 보는 갤러헤드 공작의 눈이 묘한 탐욕으로 물들고 있었다.

시간은 흘러갔고 동과 남에서 파죽지세로 밀고 들어가는 군대는 연전연승을 거듭했다. 그 결과 이제 중앙에 위치한 루퍼트 제국의 황도 에일렌의 접근 지역까지 밀고 들어온 상황이었다.

"만나서 반갑소. 루퍼트 제국의 황태자인 랜돌프 아르메데스 폰 루퍼트요."

레오와 만나는 자리에서 굳은 얼굴로 손을 내미는 황태자의 모습에 레오는 가볍게 고개를 숙이며 예를 표했다.

"레오파드 비트 폰 프로렌스입니다, 황태자 전하."

"무례하오! 황태자 전하께 예의를 갖추시오!"

황태자를 호종하여 싸웠던 기사들 가운데 두 명의 마스터가 존재했다. 그중 하나로 근위기사단장을 역임했던 노기사가 노성을 토해냈다.

"큭! 무례? 그러는 네놈은 누군데 나에게 소리를 지르는가?"

레오가 강한 기세를 일으키며 옥박지르자 근위기사단장이자 루퍼트 제국이 자랑하는 마스터인 엑터바인 후작이 이를 앙다물었다.

"가, 감히……."

"닥쳐라! 나는 누가 뭐라 해도 막시밀리안 폰 비트 대공의

후계자이자 프로렌스 왕국의 왕자다. 황태자라 해도 아직 황제가 아닌데 누가 있어 내 위에 설 것인가!'

대공의 신분은 황태자와 동급이었고, 어떤 의미에서는 황태자보다 더 윗줄일 수도 있었다. 물론 대다수의 귀족이 황태자의 자리를 좀 더 고귀한 것으로 인정하겠지만 말이었다.

"크흠! 그만하시오. 대공의 말도 틀린 것은 아니니."

"하오나 전하! 저자는 대공의 작위를 정식으로 인정받은 것이 아니옵니다. 그러니……."

짜악!

갑자기 날아든 장갑이 후작의 뺨을 거세게 후려쳤다.

"나오라! 내 할아버지 막시밀리안 대공을 무시한 네놈의 목을 베어 일벌백계하리라!"

후웅! 지이이이잉!

어느새 검집에서 날아오른 검이 둥실 뜬 채 후작의 얼굴을 겨누고 있었다.

"헉, 소, 소문이 사실이었단 말인가……."

후작은 레오가 그랜드마스터에 올랐다는 소문을 거짓으로 치부하고 있었다. 전설의 한 자락을 얻어 마스터가 되기는 했어도 자신의 능력이라면 충분히 어린 레오쯤은 상대할 수 있다고 여겼었다.

"으으……. 그, 그만하시오. 그 정도면 추, 충분히 알아들었을 것이니…….."

황태자는 레오가 내뿜는 지독한 살기에 오금이 저려왔다. 말도 간신히 할 정도로 얼어붙은 그의 말에 레오는 검지를 들어 좌우로 흔들었다.

"아니, 필요없소. 나에게 루퍼트 제국의 대공이라는 작위는 거추장스러운 짐에 불과하지. 그 짐 때문에 이렇게 싸우고 있어야 한다는 것도 짜증나는 일일 뿐이야. 한데 네놈이 나를 모욕해! 나서라! 일검에 목을 베어주마!"

쩌렁쩌렁 울리는 음성이 수십만이 넘게 모여 있는 군진을 뒤흔들었다. 지휘부가 한자리에 모인 곳에서 터져 나온 그 음성으로 인해 병사들은 저 안에서 무슨 일이 일어났는지 알게 되었다.

"나서지 못할까!"

레오가 강한 투기를 집중시켜 후작을 옥죄었다. 그러자 덜덜 떨려오는 턱을 가까스로 진정시킨 후작은 떨리는 눈으로 레오에게 용서를 구하려 했다.

"요, 용서를…….."

"필요없다. 너 같은 용렬한 놈은 살려둬 봐야 제2, 제3의 갤러헤드를 만들어낼 뿐이다. 나오지 않는다면 이 자리에서 죽여주마! 갈!"

모든 투기와 살기를 집중시키자 마스터 상급의 후작이라

고 해도 그 기세를 이겨내지 못하고 심장이 터질 것처럼 요동 쳤다.

"끄으, 부, 부디……."

그랜드마스터의 위력이 어떤 것인지 이제야 깨달은 후작은 자신의 능력이 얼마나 보잘것없는 것인지 깨달을 수 있었다.

그리고 제 능력만 믿고 설쳤던 자신의 행동이 진정한 강자를 만나 이렇게 당하게 된 것에 쥐구멍이라도 찾고 싶은 심정이었다.

"대공 전하! 지금은 싸울 때가 아닌 듯싶습니다. 그러니 그만 엑터바인 후작을 용서해 주시지요."

뒤에서 다가와 엑터바인을 용서해 달라고 청하는 삼황자의 말에 레오는 싸늘한 조소를 머금은 채 투기를 거두어 들였다.

"삼황자 전하께 감사하거라. 네놈의 목숨을 거둘 생각이었다만 삼황자 전하의 말씀이 옳은 탓에 살려주는 것이니."

"으으, 헉! 커억!"

호흡마저 힘들 정도로 코너에 몰렸던 엑터바인 후작은 자리에 털썩 주저앉으며 숨을 몰아쉬었다. 조금만 더 강하게 압박했으면 그는 정신이 붕괴되어 백치가 되어버렸을 것이었다.

"회의를 시작합시다."

레오가 모두를 응시하며 말하자 떨떠름하게 서 있던 귀족들은 일제히 고개를 숙이며 거대한 군막 안으로 들어섰다.

"앉으십시오."

가장 상석에 나란히 세 개의 의자가 놓였다. 이는 먼저 북진하여 군영을 건설했던 레오의 지시대로 좌석을 배치한 것이었다.

"으흠! 흠!"

황태자는 가장 상석에 앉기는 했지만 좌우로 레오와 동생인 삼황자가 앉자 불쾌한 마음을 숨기지 않았다.

'용렬한 자로구나. 권력에 목숨을 거는 미련한 자야.'

레오는 황태자가 황제가 되는 것은 결코 루퍼트 제국에 보탬이 되지 않을 거라는 판단을 내렸다.

"모두 앉은 거 같으니 내일 어떤 식으로 할지 의견을 구하고자 합니다."

정중하게 말하는 레오의 모습은 처음 엑터바인 후작을 몰아붙일 때와는 너무도 다른 모습이었다. 그 모습에 귀족들은 다분히 의도적으로 그를 몰아세웠음을 깨달았다.

"가장 쉬운 방법은 황성을 공격하여 힘으로 진압하는 것입니다. 그러나 그렇게 하면 막대한 피해를 입어야 할 것이니 그것이 문제입니다."

황성은 그 성벽의 높이만 40미터에 이를 정도로 높았다. 그리고 두께 역시 그 정도의 넓이를 가지고 있어서 깨부수는 것이 거의 불가능에 가까웠다. 거기다 해자를 끼고 있어서 공성차로 문을 부수는 것도 어려웠다.

"그냥 일기토를 하시는 것이 어떻겠습니까? 갤러헤드 그 자도 기사일 것이니 일기토로 승부를 하시면 쉽게 붕괴시킬 수 있지 않겠습니까?"

"하지만……."

귀족들은 어떻게 해야 한다고 하는 뾰족한 수단이 없이 무조건 공성과 일기토로 나뉘어 논쟁을 벌였다.

'하아, 이래서 귀족들이란…….'

레오는 고개를 가로저으며 자신이 직접 수단을 찾아내리라 결심했다. 시간은 흐를수록 공성을 해야 하는 자신들이 더 불리해지기 때문이었다.

스르르릇!

레오와 발머, 그리고 연합군 측의 모든 마스터가 총동원된 작전이 펼쳐졌다. 그들은 탈란이 만들어낸 간이 부유판에 의지한 채 대마법진이 펼쳐져 있는 황성의 위로 이동했다. 하나같이 엑시온을 걸치고 있어서 어둠과 동화되어 있는 그들을 발견하는 자들은 없었다.

─지금부터 내가 마법진을 부수면 바로 진입하도록 하죠.

─그렇게 하겠네.

발머는 오랜만에 재미있는 놀이기구를 탄 어린아이처럼 원판에 탄 상태에서 즐거워했다.

'어지간하면 놔두고 싶었건만.'

레오는 마지막 남은 파이어밤을 만지작거렸다. 황성의 대마법진은 7클래스의 마법까지 무효화시키는 것이기에 어지간한 마법으로는 뚫기 어려웠다.

'폭발이 일어나서 마법진이 흔들리면 그곳을 부수고 들어간다.'

레오는 자신이 공격할 한 지점을 노려보다 먼저 파이어밤을 집어 던졌다.

휘익! 콰아아앙!

황궁의 바로 위에서 폭발한 파이어밤은 푸른 방어실드에 막혀 허공에 거대한 불꽃만 만들어내고 사라져 갔다.

"가랏! 소드카이저!"

레오는 막대한 내공을 실어 검을 집어 던졌다. 그의 손길을 따라 쏘아져 나가는 플랑베르주가 폭발의 여파에 흔들리던 마법진을 그대로 강타했다.

후아아아아앙!

마법진이 소멸되어 푸른 보호막이 사라지는 것을 본 레오가 외쳤다.

"지금입니다, 점프!"

레오는 천마행공이라는 경신술로 날아내릴 수 있었다. 하지만 다른 이들은 밧줄에 의지한 채 그대로 원판에서 뛰어내렸다. 그들이 모두 지면에 내려섰을 때 황궁의 곳곳에 지키고 있던 이들이 달려왔다.

"적의 침입이다! 비상종을 타종하라!"

"막아라! 적이다!"

갤러헤드 공작이 키워낸 수많은 기사들이 일제히 몰려들고 레오는 그들에게 독한 마음으로 검을 날렸다.

"크헉!"

"그, 그랜드마스터……. 레오 대공이다!"

기사들을 사정없이 도륙하자 그들도 자신들에게 죽음을 내리는 이의 정체를 알아챘다. 그랜드마스터이자 최강의 기사로 알려진 레오의 등장에 기사들은 전의를 잃어가기 시작했다.

"제1기사단은 나를 따르라! 레오 대공은 우리가 맡는다!"

"추웅!"

제1기사단은 전원이 익스퍼트 최상급에 이르거나 마스터의 반열에 이른 자들로 구성된 갤러헤드 공작가 최강의 기사단이었다. 마스터가 십여 명이 넘을 정도로 강력한 무력으로 초반 반란에서 막대한 전공을 세운 집단인 것이다.

"오라! 내가 너희를 상대하겠다!"

레오는 제1기사단의 돌진에 서둘러 경신술을 사용하여 역으로 치고 나갔다.

"소드라이너!"

일직선으로 뻗어나가는 거대한 검의 형상에 진법에 의지한 채 상대하려고 하던 제1기사단은 화들짝 놀라 방어에 나섰다.

콰드드드드드등!

열 명의 마스터가 진법의 묘용으로 힘을 합하여 검을 쳐냈다. 그러자 레오의 어검술에 비할 바는 아니지만 5미터가 넘는 오러가 만들어지며 충돌했다.

'큭! 역시 진법이라는 것은 대단한 능력이다.'

레오는 진법의 위력에 다시 한 번 놀라며 고개를 저었다. 하지만 감상에 젖을 시간 따위를 허용할 적들이 아니었다.

피핏! 피피피피핏!

사방에서 날아들어 진법 안에 레오를 가두는 적들의 움직임에 레오는 급히 진법이 완성되기 전에 깨뜨릴 생각으로 검세를 펼쳤다.

"소드레이닝!"

후웅! 슈슈슈슈슈슈슈슉!

수백 개의 검으로 분리되어 날아가는 레오의 공세에 마나를 전이시키며 한곳에 모아 대항하려던 적들은 진형을 좁히며 공세가 이루어지는 부분을 최소화하며 막아갔다.

"크윽……."

"으윽……."

마나가 전이되지 못한 부분에 있던 이들은 진의 힘으로 살아남았지만 심각한 내상을 입은 채 뒤로 튕겨져 나갔다.

"진을 보완하라! 3조 출! 4조 합격하라!"

명령에 따라 레오를 막기 위해서 사력을 다하는 기사단의 움직임이 유기적으로 이루어졌다. 하지만 이미 몇 명이 부상을 입어 전력에서 이탈하자 완벽한 진의 묘용은 사라진 상태였다.

후앙! 콰앙! 콰드드등!

진의 바깥에서부터 폭음이 일어나고 발머와 몇몇 상급 이상의 마스터들이 기사단의 외곽을 두드리는 것이 레오의 눈에 들어왔다.

"조카사위! 여기는 우리에게 맡기고 갤러헤드 공작을 찾게. 그를 잡아야 싸움이 끝나니까 말일세!"

발머는 레오에게 갤러헤드 공작을 잡으라고 소리 질렀다. 특공대를 이끌고 온 목적도 바로 갤러헤드를 처리하여 반란군의 구심점을 제거하는 것에 있었다. 마지막 순간 갤러헤드를 제거하는 것에 실패한다면 탈란의 도움을 받아 탈출하는 것이 작전의 요체였다.

"그럼 부탁드립니다. 타앗!"

레오는 강력한 일격을 막아서는 기사단에게 쏘아내며 그 반동을 이용하여 공중으로 날아올랐다.

"이, 이런!"

"막아라! 막아야 한다!"

기사들은 레오가 진법 안에서 빠져나가 버리자 황당함에 목소리를 높였다. 그러나 레오는 이미 진에서 나와 황궁의 가장 깊숙한 곳을 향해 내달리고 있었다.

"비켜라!"

슈앙! 서걱! 서거거걱!

레오의 앞에서 적들을 도륙하며 길을 열고 있는 플랑베르주의 위력 앞에 두껍게 쌓여 있던 적의 방어막은 서서히 풀려나갔다.

"갤러헤드는 어디 있느냐?"

레오는 황제가 거하는 황궁의 앞에 도착하여 기사 하나를 잡고 물었다. 이미 레오의 기세에 눌려 항거불능에 빠진 기사는 덜덜 떨며 한쪽을 가리키며 말했다.

"저, 저 안에… 계십니다. 크흑……."

기사는 공포에 질려 자신이 모시는 주군을 팔았다는 것에 눈물을 흘렸다. 그러나 레오는 그런 것에는 아무런 신경도 쓰지 않은 채 기사의 혈도를 제압한 후 한곳에 집어 던져 버렸다.

'저 안에 있다 이거지…….'

레오는 가슴이 뛰는 것을 느끼며 천천히 황궁의 안으로 걸음을 옮겼다.

"캬우우우우!"

황궁에 있어서는 안 될 존재가 등장한 것에 레오는 미간을 모았다. 아무리 보아도 마계의 존재가 분명했고 저런 것을 소환할 수 있는 자들은 흑마법사들일 것이었다.

'흑마법사들이 왜 이런 곳에…….'

마계의 존재를 소환하는 것은 정통 흑마법사가 아닌 마신과 계약을 한 자들이었다. 그들이 이곳에 있다는 것은 결코 좋은 의미는 아닐 것이었다.

"다크렌스!"

"사신의 낫!"

"죽어라! 마신의 발톱!"

레오를 향해 마수들이 돌진해 들어오는 틈을 노려 숨어 있던 흑마법사들이 일제히 마법을 날렸다. 그들의 교묘한 공격에 레오는 입꼬리를 말아 올리며 조소했다.

"하는 짓거리하고는……. 돌아가라!"

레오가 검을 거칠게 쳐냈다. 막 달려들어 레오를 물어뜯으려고 하던 마수의 입안을 관통하여 들어가는 플랑베르주가 거대한 오러를 뿜어내며 부풀어 올랐다.

콰앙! 후두두두둑!

마수의 속 안에서 폭발하는 오러로 인해 순식간에 터져 나가버릴 때 흑마법사들의 마법력이 레오를 덮쳤다.

지잉! 퍼퍼퍼퍼퍼퍽!

어느새 둘러진 오러실드와 되돌아 온 검이 그들의 마법력을 그대로 소멸시켜 버렸다.

"데스나이트 소환!"

후웅! 스스스스스슷!

데스나이트들이 레오의 소환에 의해 모습을 드러내었다.

—마스터를 뵈옵니다.

"저들을 죽여라. 단 한 놈도 남겨둬서는 안 될 것이다."

—명을 받듭니다. 가자!

데스나이트 1호의 지휘를 받는 그들이 한꺼번에 몰려가자 난리가 난 것은 다름 아닌 흑마법사들이었다. 그들은 열네 기의 마스터급 데스나이트의 공격을 받게 되니 서둘러 자리를 뜨려고 발버둥 쳤다.

'저들은 데스나이트에게 맡기고, 난 갤러헤드를 찾아야 한

다. 저들을 보니 뭔가 흉계를 꾸미고 있는 것이 분명하다.'

원인을 알 수 없는 불안감이 레오를 서두르게 만들었다. 데스나이트들과 싸우기 시작한 흑마법사들을 지나쳐 황궁의 지하로 내려가는 발걸음이 유난히 무겁게 느껴졌다.

'여기인가?'

황궁의 지하에 이런 거대한 시설이 있다는 것 자체도 의문이 들었다. 흑마법사들이 만들었다는 것을 증명이라도 하듯이 괴상한 생명체가 문에 둘러져 있었다.

쏴아아아악!

문을 감싼 의문의 생명체가 뿜어내는 녹색의 연기가 레오를 덮쳐 왔다.

"부서져라!"

레오는 검을 앞세운 채 그대로 쏘아져 들어갔다. 여기서 발목을 잡혔다가 갤러헤드가 뭔가를 이루어낸다면 이 세상은 그대로 끝일지도 모른다는 불안감에 극성으로 마나를 불어넣고 쳐냈다.

콰앙! 콰드드드드등!

문이 그대로 박살 나며 파편이 사방으로 비산했다. 그러자 녹무도 자연적으로 소멸되고 거대한 지하 광장의 전경이 눈에 들어왔다.

'저건……'

레오는 자신의 눈을 의심해야 했다. 거대한 수정구 앞에 공중에 떠 있는 한 사람의 모습이 시야를 가득 메웠다.

'저자가 갤러헤드 공작……'

그리고 그가 행하려고 했던 것이 무엇인지 알 것 같았다.

'도대체 저 존재는 또 누구란 말인가?'

붉은 기류에 휩싸인 존재는 이 세계의 사람이라고 하기에는 어딘가 이국적인 용모를 지닌 존재였다. 영체로 이루어져 있어 더욱 괴기스럽게 보이는 사내의 영체가 갤러헤드 공작의 육신과 연결된 채 이상한 모습을 연출해 내고 있었다.

─크크크! 감히 본좌를 종으로 부리려 하다니… 어리석은 놈! 몸을 내놔라!

"크으으……. 그럴 수는 없다. 나는 갤러헤드 공작… 이 대륙의 주인이 될 자다!"

커다란 울림이 레오의 귀청을 때렸다. 그 대화를 통해 지금의 상황이 무척이나 이상하게 돌아가고 있음을 알 수 있었다.

─본좌를 받아들여라! 그럼 네 후손들은 영원토록 이 땅의 지배자로 살 수 있을 것이니라!

"닥쳐라! 나, 나는… 절대 굴복하지 않는다. 으아아아아!"

영체는 갤러헤드 공작의 몸을 차지하려 하고 반대로 갤러헤드 공작은 영체로부터 벗어나기 위해 발버둥치는 상황이었다.

'저 영혼이 도대체 누구이기에……'

레오는 전설로 남은 존재들에 대해서 빠짐없이 알고 있었다. 그런데 저 거대한 영혼의 파동을 뿜어내는 존재에 대한 기록은 그 어디에도 없었다.

'일단 영체를 부숴야 한다. 그래야만 한다!'

레오는 영체를 부수기 위해서 검을 들어 올렸다. 서서히 떠오르는 플랑베르주에 막대한 레오의 마나가 실리자 영체가 소리를 질렀다.

─멈춰라! 감히 네놈 따위가 나를 죽이려 하느냐!

"큭! 이미 죽은 영혼이 산자를 핍박하는 것은 있어서는 안 될 일! 내 네놈의 영체를 부숴주마! 타앗!"

그대로 지면을 박차고 오른 레오가 그대로 검과 함께 영체를 향해서 밀려 나갔다.

─크크크! 천마, 그자의 진전을 이은 것인가? 하지만 어림없지! 사황대천력!

레오는 자신이 알아듣지 못하는 이상한 외침을 토하는 영체가 쏘아 보낸 막대한 기운에 전율했다.

콰앙! 콰드드드드등!

검세와 충돌한 붉은 기운이 허공중에서 서로를 밀어내기 위해 힘을 겨뤘다.

'으, 으, 저 기운의 정체가 뭐기에…….'

레오는 자신의 신형이 계속해서 뒤로 밀리는 것에 이를 앙 다물었다. 그랜드마스터가 되면서 몇 배는 늘어난 마나로도 그 힘을 감당하기 어려운 것에 놀란 것이었다.

―이, 이놈이… 네놈은 닥치고 있어!

잠깐의 틈이었지만 영체의 기운이 흐트러지는 것에 레오는 재빨리 신형을 틀어 공세를 피해 옆으로 움직였다.

콰앙! 콰콰콰쾅!

레오의 검이 중간에서 빠지자 거력이 실린 영체의 공세는 그대로 지하 광장의 벽면을 거세게 후려쳤다.

"크아아아! 네놈 따위에게 내 육체를 줄까 보냐!"

―흐흐흐! 어림도 없는 수작! 내 직접 네놈의 육체를 취해 주마!

영체는 거부하는 갤러헤드 공작의 기운을 흐트러뜨리며 그대로 그의 정수리를 파고 들어갔다.

휘류류류류류류류류!

붉은 수정구에서 흘러나오는 헤아릴 수 없는 거력이 붉은 기류가 되어 갤러헤드 공작의 정수리를 뚫고 들어갔다.

'이, 이대로는 안 된다. 무조건 막아야 해!'

레오는 자신의 능력으로 할 수 있을까 하는 의문이 들었지만 저 정체불명의 영체가 갤러헤드의 육신을 차지하지 못하게 막아야 한다는 일념 하나로 달려들었다.

"소드카이저!"

후앙! 카앙! 카카카카캉!

레오의 검세는 갤러헤드 공작을 집어삼키려 하는 붉은 기류에 막혀 튕겨나갔다. 아무리 두들겨도 부서지지 않은 그 엄청난 방어력 앞에 레오는 점점 무력함을 느껴야 했다.

─레오 대공…….

갑자기 들려오는 갤러헤드의 음성에 레오는 눈빛을 빛냈다.

─이자는 그 옛날 티엔마르와 전설들이 넘어올 때 함께 넘어온 자일세. 그때도 영혼의 상태로 넘어왔던 자였는데 이름을 블러드엠페러라 불렸다고 하네.

"으음……."

─나는 이제 이자에게 정신을 제압당하고 소멸될 것이네. 그 전에 자네에게 한 가지 부탁을 하지.

갤러헤드의 눈빛은 절망에 휩싸인 가운데서도 의연한 모습을 고수하고 있었다. 그가 간절한 마음으로 바라는 것이 무엇인지 몰라도 지금 상황에서라면 별로 바뀔 것은 없어 보였다.

─내가 이자의 영혼을 받아들였을 때 마지막 모든 잠력을 격발하여 저 수정구의 힘을 멈추도록 하겠네. 그 때 자네가

내 심장을 검으로 찔러주게.

"아, 갤러헤드 공작……."

비록 악인으로 세상을 위협하던 갤러헤드 공작이었지만 그 역시 이 대륙에서 태어난 존재였다.

블러드엠페러에게 이 땅의 모든 존재가 도륙당하는 것을 원하지는 않았다. 그리고 어차피 죽어야 할 것이라면 뭔가 뜻 있는 일을 하고자 하는 그런 욕심도 설핏 엿보이는 말이었다.

―으으, 더는 버틸 수 없네. 그럼 부탁하네.

휘류류류류류류룽!

블러드엠페러의 기운이 버티던 갤러헤드 공작의 저항이 멈추자 순식간에 그의 전신 모공을 통해서 흡수되어 사라졌다.

"크크크! 좋구나……. 이 넘치는 활력이라니……."

블러드엠페러는 갤러헤드 공작을 몸을 차지한 것이 기쁜 지 전신을 살피며 웃음을 머금었다. 이미 자신 따위는 안중에 도 없다는 듯한 그의 행동에 레오는 플랑베르주의 검병을 굳 게 움켜쥐었다.

―지금일세! 하압!

마지막으로 터져 나온 기이한 음성에 레오는 모든 힘을 다 하여 블러드엠페러, 아니 마지막 힘을 다해 거대한 힘을 봉쇄 하고 있는 갤러헤드 공작을 향해 파고 들어갔다.

"소드카이저!"

오러의 아름다운 빛이 거대한 검의 형상으로 만들어지고 그 검은 처연한 미소를 짓고 있는 한 사람의 심장을 뚫고 들어갔다. 그리고 쓰러지는 갤러헤드 공작의 육신을 뒤로한 채 레오는 검을 휘두르며 기사의 예를 그에게 보냈다.

"편히 쉬시오, 공작!"

레오는 이제 모든 것이 끝이라는 생각에 허탈한 마음을 달래며 발걸음을 돌렸다. 자신을 기다리고 있는 사랑하는 사람들에게로 돌아가고 싶은 마음뿐이었다.

Epilogue

스르르르르릇!

모든 것이 사라진 거대한 광장에서 갤러헤드 공작의 죽음과 함께 소멸되었던 붉은 기류가 다시 일어났다. 벌써 루퍼트 제국의 풍운이 그친 지도 일 년이 지난 상황이었고 지하 광장은 황제가 된 삼황자의 명으로 폐쇄된 곳이었다.

─크크큭! 지독한 고통이었다……. 감히 나에게 이런 고통을 안겨주다니…….

블러드엠페러, 중원에서 사황이라는 별호로 불렸던 이의 영혼은 소멸된 것이 아니라 기운이 다시 모일 때까지 잠들어 있었던 것이었다. 그러다 혈령사황기가 다시 모여들자 영체를 재구성하여 깨어나게 된 거였다.

—반드시 복수하리라……. 이 땅의 허접스런 종자들을 모두 내 발아래 꿇리고 말 것이니. 기다려라! 으하하하하!

거창하게 대소를 터뜨리는 사황의 영체가 서서히 하나로 뭉쳐서 지하광장의 부서진 틈 사이로 빠져나갔다. 그가 깨어난 것을 모르는 세상은 오늘도 평온하게 굴러가고 있었다.

하지만 그들은 사황이 깨어난다고 해도 절대 걱정하지 않을 것이 분명했다.

바로 레오파드 비트 폰 프로렌스 대공이라고 불리는 검탑의 주인이 있는 한은 말이었다.

『왕좌의 주인』 5권 완결

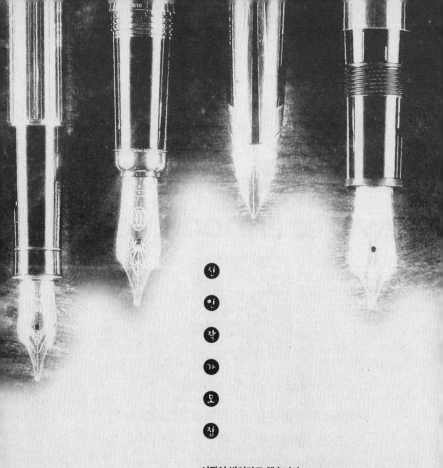

신
인
작
가
모
집

시작이 반이라고 했습니다.
작가의 길에 대한 보이지 않는 벽을 과감히 깨뜨리십시오!
청어람은 작가 지망생 여러분들의
멋진 방향타가 되어드리겠습니다.

저희 도서출판 청어람에서는
소설 신인 작가분들을 모집합니다.
판타지와 무협을 사랑하시는 분들의 많은 참여를 바랍니다.
소정의 원고(A4용지 150매)를 메일이나 우편으로 보내주시면
검토 후 출판 여부를 알려드리겠습니다.

주소:경기도 부천시 원미구 심곡2동 163-2 서경B/D 2F 우편번호 420-822
TEL:032-656-4452 · **FAX:**032-656-4453
http://**www.chungeoram.com**
e-mail:chungeoram@chungeoram.com

FUSION FANTASTIC STORY
천성민 장편 소설

짐승의 규칙

『무결도왕』 『다크로드 블리츠』
천성민 작가의 신간!

짐승의 규칙

살아야만 했다.
나를 위해 희생당한 부모님을 위해.
복수를 위해.

죽여야만 했다.
내가 살기 위해 타인의 목숨을.

그렇게……
나는 짐승이 되었다.

Book Publishing CHUNGEORAM

유행이 아닌 자유추구 -
WWW.chungeoram.com